FRIEDRICH WOLF

LUCIE UND DER ANGLER VON PARIS

aufbau

FRIEDRICH WOLF

LUCIE UND DER ANGLER VON PARIS

Mit Beiträgen von
Lion Feuchtwanger und Alfred Kantorowicz

aufbau

Textgrundlage

Friedrich Wolf: Lucie und der Angler von Paris. Kurzgeschichten und Erzählungen, Frankreich 1914/18 und 1939/41. Neue erweiterte Ausgabe. Aufbau-Verlag, Berlin 1949, S. 51–103.

Lion Feuchtwanger: Ein literarischer Nachfahre Friedrich Schillers. Friedrich Wolf zu seinem 60. Geburtstag. Aus: Ost und West. Beiträge zu kulturellen und politischen Fragen unserer Zeit. Hrsg. von Alfred Kantorowicz. Heft 12/1948, Berlin-W., Dezember 1948, S. 81 f. © 1999, 2008 Aufbau Verlag GmbH & Co. KG.

Alfred Kantorowicz: Kämpfer, Freund und guter Kamerad. Aus: Friedrich Wolf – ein Dichter seiner Zeit. Hrsg. von Alfred Kantorowicz. 143 S. mit 8 Holzschnitten von Conrad Felixmüller. Rudolstadt o. J. [= 1948], S. 7 ff. © Staats- und Universitätsbibliothek Hamburg.

Orthographie und Interpunktion folgen der neuen Rechtschreibung.

MIX
Papier aus verantwortungsvollen Quellen
FSC® C083411

ISBN 978-3-351-03808-3

Aufbau ist eine Marke der Aufbau Verlag GmbH & Co. KG

1. Auflage 2020

Umschlaggestaltung zero-media.net, München
unter Verwendung von Motiven von FinePic®, München
Gesetzt aus der Perpetua durch Greiner & Reichel, Köln
Druck und Binden CPI books GmbH, Leck, Germany
Printed in Germany

www.aufbau-verlag.de

Vielleicht ist dies eine ganz private Sache;
doch sie gibt mir eine große Lust zu kämpfen,
eine wunderbare Freude.

I

Der Angler nimmt unter seinen Mitmenschen eine besondere Stellung ein, insofern die anderen Menschen für ihn nicht vorhanden sind und er selbst nicht existiert für seine Mitmenschen. Er ist der anerkannte Einsame auf dieser Erde, wenn er mit seiner Angelrute an einem Fluss sitzt, unbewegt wie eine Statue, den Blick auf das still dahinfließende Wasser gerichtet und auf den »Schwimmer«, der – aus einem Korken und einer künstlichen Fliege bestehend – in der leisen Strömung treibt. Niemand wird einen Angler ansprechen oder mit Fragen zu belästigen wagen, vor allem nicht in Frankreich. Eher wird man einen Toten um eine Auskunft bitten, als einen der tausend Männer, die um Paris an den Ufern der Seine, die Pfeife im schweigsamen Mund, dem zarten Zittern des »Schwimmers« mit ruhigem Blick folgen.

Mit stiller Aufmerksamkeit schaut Henri der kleinen künstlichen Fliege nach, die an der dünnen Leine in der graugrünen Seine abwärts treibt. Henri ist ein etwa fünfundzwanzigjähriger Mensch, schlank, sehnig und – worauf sein langer Rücken auch im Sitzen schließen lässt – hochgewachsen. Er hat die kurze Pfeife im Mundwinkel, wie es zu einem richtigen Angler gehört. Rucksack und Baskenmütze hängen an dem Fahrrad, das neben ihm an einem Weidenstumpf lehnt. Sein dichtes, dunkelbraunes Haar, sein gebräuntes Gesicht lassen die hellgrauen Augen noch auffallender erscheinen. Sonst aber ist an dem Menschen nichts Besonderes. Er ist einer der tausenden Franzosen, die an einem Sonntagnachmittag mit der Rute an den Flüssen Frankreichs sitzen und die sich weder durch das Autohupen der benachbarten Chaussee noch durch die vielen kleinen Boote mit fröhlichen Menschen stören lassen.

So hat Henri sich placiert, an der Seinekrümmung zwischen Sartrouville und La Frette, gegenüber dem Park von Maisons Laffitte und dem Wald von Saint-Germain.

II

Damals – im August 1939 – gab es in diesem gesegneten Land noch Millionen fröhlicher Menschen, denen das Leben und das »savoir vivre« als das höchste Gut galten. Die Menschen ließen diesen Lebensanspruch allerdings meist nur für das eigene menschliche Dasein gelten. Ob Henri wohl darüber nachdachte, dass er den lustig dahinschwimmenden Fischlein mit der mörderischen Angelspitze das Leben raubte? Über was er wohl nachdachte, während die weißen Sommerwolken über den mattblauen Himmel segelten, die silberne Luft über dem Wasser zitterte und er die kleinen Rauchkringel aus seinem Pfeifchen von sich stieß? Mit einem Ruck reißt er die Angel jetzt hoch und schaut zornig auf das Wasser, wo ein Mensch mit langen Kraulstößen – den Kopf unter der Flut – an das Ufer schwimmt.

»Sie haben wohl keine Augen im Kopf!«, ruft er unwirsch dem Störenfried zu, der das heilige Recht der Angler so grob verletzt. Aber wie der Mensch prustend das Ufer erreicht und ans Land sich emporstemmt, sagt er erstaunt, noch immer die Angelrute in der Hand: »Lucie ...«

»Henri?«, erwidert die Schwimmerin nicht weniger überrascht. »Hier muss man dich also suchen! Seit zwei Monaten ...«

»Still!«, unterbricht sie der andere. »Nicht mehr: Henri! Meinetwegen Pierre oder Jean ...«

»Ach so!«, lächelt das große Mädchen. »Immer noch streng geheim. Kannst du wirklich dein altes Laster nicht lassen?«

Der Mann hat die Angel wieder ausgeworfen und sich auf seinen Stein niedergesetzt; scheinbar ruhig bläst er den Rauch seines Pfeifchens in die Luft.

»Und höflicher bist du auch nicht geworden«, meint Lucie, die sich in ihrem dunkelblauen, weißgestreiften Schwimmtrikot auf den sonnenwarmen Steinen ausgestreckt und die weiße Gummihaube von ihrem aufgebundenen hellen Haar heruntergestreift hat. »Musst du dich immer noch kaschieren?«

»Lass das, bitte!«, sagt er, ohne von dem Wasser wegzublicken.

»Huhu, stets das alte Parteipferd, Henri! Verzeih, also Pierre oder Jean! Aber gestatte, dass ich dich dann schon lieber: mon petit gars nenne! Und dass ich nach wie vor es für einen barbarischen Unsinn halte, wenn ein begabter Maler, der die bunten Wunder dieser Welt auf ein Rechteck von ein mal einem halben Meter zu zaubern vermag, sich von der Politik auf Schwarz und Weiß reduzieren lässt!«

»Es ist zwecklos, mit dir hierüber zu diskutieren.«

»Diskutieren? Nein! Aber du bist viel zu schade hierfür, mon petit!«

Es ist der alte Streit zwischen den beiden Schülern der Kunstakademie. Als die Schlägertrupps der reaktionären »Croix de feu« die Bilder von Picasso, Braque und Matisse in den Salons des Boulevard Raspail und gegenüber dem Café »Les Deux Magots« herunterzureißen suchten, da hatte Henri mit einigen Freunden einen ständigen Wachtdienst dort eingerichtet. Mehrfach war es zu blutigen Schlägereien zwischen den beiden Gruppen gekommen; dabei war Henri zum ersten Mal verhaftet worden und hatte eine bestimmte Abteilung der Préfecture kennengelernt. Hier traf er mit Kameraden der Partei zusammen. Er besuchte später eine antifaschistische Kundgebung in der Mutualité am Boulevard St-Germain, wo man einen neuen Russenfilm zeigte. Auf der Straße wurde ein Referent der Gruppe überfallen. Henri war mit zwei Kameraden hinzugesprungen, durch einen Dolchstich in die Brust verletzt und in einen politischen Prozess verwickelt worden. Das verband ihn noch enger mit den Genossen.

Lucie hatte ihn damals mehrfach im Krankenhaus besucht, ihm Blumen und die neuesten Kunstjournale gebracht, ihn zugleich beschworen, endlich die Hände von der Politik zu lassen und sich seinem eigentlichen Beruf als Maler wieder zuzuwenden. Doch ebenso leidenschaftlich hatte Henri der Freundin klarzumachen versucht, dass heute die Politik – die Umformung des lebendigen Menschen – die höchste und notwendigste *Kunst* sei und das Menschenhirn die edelste Materie darstelle.

»Überlass das den anderen, die hierzu berufen sind!«, entgegnete Lucie erregt. »Du bist bei deiner

Begabung der geborene Maler! Das andere ist nicht deine Sache!«

»Gerade *das* ist meine Sache! Doch das wirst du nie verstehen!«

»Ja, ich werde und will das nie verstehen!«

Aber bei jedem Zusammentreffen fing Lucie wieder mit dieser Sache an. Ja, sie ging noch weiter. Eine Meisterklasse der Akademie leitete ein fünfzigjähriger bekannter Maler – nennen wir ihn Professor Bastanier –, ein Sybarit, rund und schmerbäuchig wie der alte trunkene Faun auf dem Rubensbild mit dem Früchtekranz und den kleinen Putten. Henri hasste den »Wanst«. Doch Lucie, die trainierte Sportlerin und akademische Schwimmmeisterin des Departements Seine et Oise, begann plötzlich mit dem dicken Professor einen Flirt. Henri war wütend. Er fragte, ob Lucie dieses feiste Rubensmodell vielleicht als Akt malen wolle? Lucie überhörte die Geschmacklosigkeit und freute sich der erregten Eifersucht des Freundes, weil sie hoffte, Henri von seinem gefährlichen Wege wegzubringen.

Und plötzlich war Henri völlig verschwunden, wortlos, spurlos. Es waren die Monate kurz vor dem Kriege, da die beunruhigte Daladier-Regierung eine unterirdische, aber um so wütendere Jagd auf alle linken Aktivisten durchführte, vor allem auf jene Gruppen, die dem Terror der faschistischen und halbfaschistischen Banden wenn nötig mit geeigneten Mitteln entgegentraten.

III

Offenbar war Henri in solch eine Affäre verwickelt, da er nicht mit seinem Namen genannt sein wollte und sich als harmloser Angler zu tarnen suchte. Es war Lucie trotz der Eifersuchtskomödie also nicht gelungen, den Freund von der Politik loszureißen.

Doch noch etwas anderes erregt sie. Jede Frau freut sich ihrer weiblichen Macht über den Mann. Obschon Lucie und Henri bisher nie über die Grenzen der Freundschaft hinausgegangen waren, obschon Lucie sich oft von der Härte und politischen Besessenheit Henris verletzt fühlte, so reizte sie dennoch gerade diese ihr unverständliche, ja geheimnisvolle Sachlichkeit und »Unmenschlichkeit« des Freundes. Schließlich ist sie eine junge und – wenn sie den Spiegel befragt – blendend schöne Frau, kräftig, gesund, sportlich, voll Lebenslust, unabhängig und mehr als wohlhabend, da ihr Vater, der Besitzer einer Motorenfabrik, ihren Neigungen freie Hand lässt. Sie hat Dutzende Flirts absolviert, mit Männern der Gesellschaft und mit jungen Kollegen, die auf ein Lächeln und auf ein Wort von ihr sofort in Flammen standen.

Und jetzt, da sie Henri mit seinem ernsten, kantigen und knabenhaften Gesicht von der Seite betrachtet, fühlt sie plötzlich, dass in diesem großen Jungen sehr viel unbefreite Zärtlichkeit steckt, von der er selbst wahrscheinlich nichts weiß, dass dieser Mann ihr Partner sei, der Freund, der ihr das letzte Geheimnis des Lebens erschließen könnte. Dabei spürt sie, dass sie ihm auf die bisherige Weise nicht beikommen kann, dass sie ihre Taktik ändern muss.

»Du glaubst, dass man dich als Angler nicht finden wird?«, beginnt sie. »Täusche dich nicht, mon petit! Das Commissariat spécial hat heute neue Methoden!«

»Neue Methoden?« Henri schaut ihr aufmerksam mitten in die Augen. Sein bisher gleichmütiges Gesicht ist verändert. Sein Blick ist drohend und forschend, seine Mundwinkel zucken. »Bitte sehr, auch darauf werden wir zu antworten wissen!«

»Worauf?«, fragt Lucie und beobachtet sein angestrengtes Nachdenken und sein wachsendes Interesse; dann fährt sie ruhig fort: »Ihr werdet auf nichts antworten können, weil eure Antworten ins Leere fallen würden, denn die Croix-de-Feu- und Doriot-Leute treten in Vaters Betrieb nicht mehr offen auf, sie sind vielmehr als Linke zwischen die anderen Arbeiter hineingeschickt.«

»Unsere Leute gehen nicht auf den Leim!«

»Weißt du das so genau?«

»Wie?«

»Und wenn sie doch auf den Leim gingen, wenn doch einzelne nicht dichtgehalten haben?«, meint Lucie. »Wenn doch einige eurer Gruppen auf diese Weise den Provokateuren bekannt wurden …«

»Welche Gruppen? Rede keinen Unsinn! Welche Gruppen?« Henri hat Lucie an den Armen gefasst, als wolle er sie schütteln, dass sie schneller antworte. »Hast du vielleicht auch gewusst, dass *ich* heute hier bin? Bist du nicht zufällig hier?«

Ah, dieser leidenschaftlich entflammte Mensch,

das ist nicht mehr der träge Angler oder der sachliche Kollege Hier ist der Herzpunkt dieses Mannes!

»Höre mich, Lucie«, sagte Henri leise und schon wieder beherrscht, »es ist jetzt nicht die Zeit zum Spiel oder Rätselraten, es geht da um mehr als um mich, falls man unsere Verbindungen oder Treffpunkte kennen sollte … und falls du glaubst, mich in der Hand zu haben, müsste ich rücksichtslos vorgehen!«

»So brauchtest du an deinem jetzigen Verhalten nichts zu ändern!«, erwiderte Lucie kampflustig.

»Du könntest dich täuschen!«

»Willst du drohen?«

»Woher weißt du von den Gruppen?«, fragt Henri geradezu.

»Ich habe zu Hause, als ich mich im Garten hinter einer Hecke sonnte, unfreiwillig das Gespräch eines Betriebsleiters mit Vater belauscht; du kannst Gift darauf nehmen, dass die Sache stimmt! Ich aber finde es direkt infam, wenn derart Franzosen gegen Franzosen handeln!« Henri schaut aufmerksam in Lucies gerötetes Gesicht, in dem eine Blutwelle bis zu den hellen Haaren hochschießt. »Und weiter?«, forscht er.

»Was weiter? Ich habe Vater gegenüber kein Hehl aus meiner Meinung gemacht. Ich werde …«

»Nichts wirst du, Lucie, kein weiteres Wort wirst du mit ihm hierüber wechseln!«, fährt er dazwischen. »Wenn du wirklich als Französin diese Infamie empfindest, so schweige deinem Vater und den anderen gegenüber …«

»Also man soll das schweigend hinnehmen und nichts dagegen tun?«

»Du nicht.«

»Und du?«, fragt Lucie. »Nimm dich in Acht, mon petit gars; wer weiß, ob diese Angler neben dir nicht ebensolche edlen Landsleute sind wie jene ›Arbeiter‹ in Vaters Bude!«

»Still!« Henri schaut unruhig zur Seite.

»Schön, schweigen wir!«

• • •

Sie streckt sich lang auf den warmen Steinen des Ufers; ihr Haar liegt wie ein goldener Wimpel auf dem grauen Geröll, auch ihre Unterarme sind mit einem goldenen Flaum bedeckt, in dem die Sonne schimmernd sich fängt.

Man müsste ein Rembrandt sein oder ein Tizian oder ein Ghirlandajo!, denkt Henri, oder, besser noch, ein Bildhauer zu des Perikles Zeit für diese naturwilde griechische Göttin! Aber wenn sie wirklich etwas von unseren Treffs weiß?, kreuzt es ihm durch den Kopf. Sein heutiger Treff hier stromaufwärts von Lafrette gegenüber der Wegkreuzung von Cormeilles ist bereits vorbei; er schaut nach der Uhr: es ist zehn Minuten nach fünf. Die nächste Abmachung ist an dieser Stelle erst für morgen Mittag um drei! Doch wenn es wirklich stimmte, was Lucie eben sagte? Wenn man die Verbindungen kannte und heute nicht zugriff, weil man noch auf seinen Kumpel wartet? – Schön, schweigen wir!, hatte sie eben gesagt. Vielleicht ist sie beleidigt? Vielleicht war er wieder einmal zu grob? Vielleicht muss man eine Frau besonders behandeln? Wie sie da in der Sonne liegt, die warme, würzige Luft in kräftigen Atemzügen in sich hineinsaugend, die Augen geschlossen, überall von kleinen, goldenen Lichtern umschimmert …

»Lucie ...«

»Ja ...«

»Kann ich dich etwas fragen?«

»Bitte!« Sie lächelt unmerklich, die Augen noch immer geschlossen.

»Was war das, was du mir sagen wolltest ... *Mir* kannst du alles sagen, *musst* du alles sagen!«

»Musst?«

»Lucie ...«

»Verzeih, mon petit gars, wenn ich dir die Sonntagsfreude verdarb! Du weißt, ich hasse die Politik, aber mich erregt die Ungerechtigkeit und die Gemeinheit der Menschen, diese Infamie ...«

»Sprich um Himmels willen leiser, Lucie! Du selbst sagtest eben, dass die Angler neben uns ...«

»Ich verstehe; leb wohl, mon petit!« Sie hat sich erhoben und reckt ihren jungen, kräftigen Körper, um wieder ins Wasser zu tauchen.

»Ich muss mit dir sprechen ...«

Auch Henri ist aufgestanden; gespannt schaut er auf die Freundin, die zögernd stehen bleibt und nachzudenken scheint. Dann nimmt sie die weiße Gummihaube, die sie schon über ihren hellen Schopf gestülpt hat, plötzlich ab, während sich die Muskeln an ihren Armen straffen, und sie schnell erwidert: »Mein Wagen steht an der Chaussee; es ist das Beste, wir fahren in mein Atelier; dort bist du am sichersten, und wir können ungestört sprechen; auch meine neuen Bilder kannst du dir ansehen, wenn du willst.«

IV

Lucie steuert ihren grauen Fiatsportwagen über die Chaussee, die von Cormeilles über die Höhen von Argenteuil nach Bezons und Colombes führt. Sie hat Henri ihre Autohaube und große Staubbrille gegeben und trägt selbst nur ein dunkelblaues Barett. Henris Fahrrad ist hinten über dem Autoersatzrad angeschnallt. Wie sie an der Kreuzung Sartrouville–Argenteuil von dem Bergrücken zur Niederung der Seine auf die freie Strecke hinuntersausen, wird plötzlich vor ihnen ein Radfahrer von einem großen olivfarbenen Personenwagen – einem Cadillac – gestreift und mit großer Gewalt beiseitegeschleudert, so dass Rad und Fahrer über die Asphaltbahn in den Graben fliegen. Lucie bremst. Vorn im Cadillac schauen sich die Insassen einen Moment um, dann fährt der große Wagen mit erhöhter Geschwindigkeit weiter.

»Verfluchte Bande!«, schreit Lucie, die schon halten wollte; sie gibt jetzt Vollgas.

»Was machst du?«

Lucie antwortet nicht, sie schaut mit weit offenen Augen nach vorn, sie setzt ihren Kompressormotor auf volle Touren.

»Und der Radfahrer?«, mahnt Henri.

»Nachher! Zuerst müssen wir diese Banditen stellen!«

Der Fiat hat den davonbrausenden Cadillac fast erreicht; es ist klar, Lucie will ihm die Bahn schneiden; zugleich ist in ihr die Leidenschaft der Rennfahrerin erwacht, da sie seit langem die Kompressormotoren des Vaters einfährt, trotz des ständigen Protestes des Alten. Sie ist auf den Rennbahnen von Paris, Trouville, Turin, Mailand und Berlin eine bekannte Erscheinung. »Die Amazone« wird sie von ihren Kollegen genannt. Nur ein Mann hat so feste Hände am Steuer bei über 200 km Geschwindigkeit, nur ein Mann kann so tollkühn die Kurven schneiden!

»Keine Tollheit, Lucie! Ich bin nicht wild darauf, in einem Polizeiprotokoll vermerkt zu werden …«

Der Fiat liegt jetzt fast Seite an Seite neben dem schweren Cadillac, automatisch gibt Lucie Signal, empörte und erschrockene Gesichter in dem großen Wagen, der hart an den rechten Chausseerand gedrängt ist; plötzlich stoppt der Fiat ab, die Bremse knirscht.

»Schade!«, sagt Lucie.

Sie wendet ihren Wagen und fährt zu dem Radfahrer zurück.

Dem Mann ist nichts Besonderes zugestoßen. Er biegt gerade die Lenkstange zurecht. Seine Hände bluten von einigen Schrammen. Lucie holt ihren kleinen Verbandkasten aus dem hinteren Sitz und legt einen Klebeverband an. Dann drückt sie dem Mann einen Fünfzigfrancschein in die Hand. Der meint erstaunt: »Aber *Sie* waren es doch nicht!«

»Einerlei!«

Sie will ihm gerade die Nummer des Cadillac nennen; doch im letzten Moment schweigt sie mit Rücksicht auf Henri und eine mögliche polizeiliche Vernehmung.

Plötzlich sieht sie, dass aus der Hose des Radfahrers über dem Knie ein Dreieck herausgerissen ist.

»Das ist ja auch noch kaputt.« Sie greift in ihr Täschchen und nimmt noch einen Schein.

»Nee, nee …«, sagt der Mann, »merci, madame, ich will an der Sache nicht verdienen.«

V

Wie sie durch Neuilly fahren und über den Etoile in die Champs-Elysées rollen, hat Henri trotz Brille und Autohaube anfangs doch ein recht unsicheres Gefühl. Bald aber sieht er, dass er nirgendwo unerkannter sein kann als neben dieser mondänen jungen Frau, die mit ihren in hohen hellgrauen Mokassinleder steckenden Händen den Fiatkompressor wie ein feinfühliges Rennpferd durch die Herde der anderen Wagen mit guter Geschwindigkeit und traumhafter Sicherheit zum Place de la Concorde lenkt. Ihr Profil mit der kleinen, energischen Nase gleicht einer antiken Gemme in seiner Verbindung von weiblicher Zartheit und männlicher Entschlossenheit.

Ja, bei ihr kann man sich sicher fühlen.

Fast gegen seinen Willen sagt Henri: »Wahrhaftig, Lucie, du bist kein schlechter Stratege!«

»Weißt du das erst jetzt, mon petit?«, erwidert sie, den Blick aufmerksam nach vorn gewandt; Henri bemerkt, wie ihre Augen seltsam glänzen; er bereut seine Worte, die wohl zu weit gingen.

Die Rue de Rivoli liegt hinter ihnen. Der Wagen rollt immer längs dem Seineufer, vorbei an dem Palais de Justice nach der Notre-Dame-Kathedrale, die ihre beiden mächtigen Fäuste in den abendgrünen Himmel reckt. Von da biegt der Fiat in eine sehr schmale Nebenstraße, zur Ecke der Rue St-Louis en l'Île, er hält vor einer kleinen Garage. Der Garçon nimmt den Wagen in Empfang.

VI

Lucie schlendert mit Henri, der seine Mütze wieder aufgesetzt hat, durch die engen Gassen dieses ältesten Stadtteils von Paris. Lucie hakt sich bei ihm ein.

»So ist es besser für dich, mon petit gars!«, meint sie lächelnd.

Bei Châtelet steigen sie in die Metro. Lucie übernimmt die Führung.

Am Boulevard Poissonnière kommen sie an einem Straßenhändler vorbei, der ganze Büsche wunderbarer roter Nelken in einem Eimer stehen hat.

»Mein Gott«, sagt Lucie, »ich habe keine Blumen zu Hause; sonst pflücke ich mir draußen stets einen Feldblumenstrauß!«

Henri überlegt einen Augenblick. Sein ganzes Vermögen besteht aus etwa 30 Franc. Die roten Nelken sind hinreißend; vor über einem Jahr – am 1. Mai – kaufte er in wilder Freude der Demonstration eine Hand voll solcher feuriger Blumen. Er nimmt einen Busch: »Wie viel?«

»Zehn Franc, mein Herr.«

Es ist Wahnsinn; aber er wirft den Zehnfrancschein auf das Tischchen und drückt die Blumen Lucie in die Arme.

Sie schaut ihn strahlend an.

»Ich dachte an unsre letzte Maidemonstration«, erklärt er schnell.

»Unsinn! Sage, dass du mich liebst, dass du die Blumen mir zuliebe gekauft hast!«, protestiert sie und bleibt mitten auf der Straße stehn, während die Passanten wie Schaum an einem Felsen um sie herumquirlen. »Schnell, sage, dass du mich liebst! Ich gehe sonst keinen Schritt weiter!«

Er überlegt angestrengt und ernst.

Sie lächelt und meint leise: »Ach, lüge doch ein bisschen; ich weiß ja, dass es eine Lüge ist, aber es klingt so gut! Sage, dass du mich liebst!«

»Ich liebe dich!«, wiederholt er.

Dann gehen sie weiter, Arm in Arm, zwei junge

Leute durch die von sonntäglichen Menschen wogende Straße.

Sie landen schließlich in einer der großen, überfüllten Brasserien des Boulevard des Italiens. Sie drückt dem Garçon eine Fünffrancnote in die Hand; so finden sie in dem vollen Lokal eine Ecke an der Rückwand.

»Bist du zufrieden, chéri?«, fragt sie. »Es ist besser, wir gehen erst in der Dunkelheit zu mir; du verstehst, der Concierge …«

Henri versteht. Fünfzig Prozent aller Concierges arbeiten für die Sûreté oder für das Commissariat spécial.

»Einen Hunger bekommt man in der Luft! Man muss etwas Solides essen; darf ich für dich wählen?«

Lucie hat an dem abgemagerten Gesicht des Freundes erkannt, dass er wohl seit einiger Zeit nichts »Solides« mehr zu sich genommen.

Auch hier lässt Henri die Freundin gewähren. Und da er bemerkt, wie sie selbst recht solide speist, füllt er seinen ausgehungerten Körper mit der kräftigen Nahrung und dem herben, duftenden Pinard, dem unverfälschten Landwein, der ihn mit Freude und Leichtigkeit durchglüht.

Sie sprechen hier nur von der Kunst. Lucie spürt, wie der Freund mehr und mehr in jene Gefilde der Farben und Gestalten des bunten Lebens zurückkehrt, dem er einst seine ganze junge Kraft gab.

Ob er in der letzten Zeit etwas gezeichnet oder gemalt habe?

Henri schaut sie überrascht an. Gezeichnet? Gemalt? Er denkt nach. Ein Schatten verdunkelt sein mageres Gesicht.

Es sei ja nicht so wichtig!, sagt Lucie schnell. Ein jeder Mensch müsse nach seinem Gesetz leben, das sei das allein Wichtige und Wahre! Sie selbst habe in den letzten Monaten empfunden, wie sie künstlerisch auf einem toten Punkt angelangt sei, wie sie leerlaufe. Deshalb habe sie sich wieder auf den Sport geworfen und trainiere auf Langstrecken für die Landesmeisterschaft im Schwimmen.

Ob er das verstehen könne?

Henri nickt. Er schaut in ihr klares, kühnes Gesicht und meint: alles, was ein Mensch aus ganzem Herzen unter Einsatz seiner ganzen Kraft tue, sei ein

Training, das vom Niederen zum Höheren, vom Primitiven zum Differenzierten führen könne und bei gewissen Menschen sogar dazu führen müsse.

Lucie spürt das alte Thema. Sie möchte dagegen opponieren. Doch sie lächelt und sagt: »Im Grunde bist du ja auch ein richtiger Sportsmann!«

VII

Die enge Rue St-Louis en l'Île liegt schon im abendlichen Dunkel, als die beiden das verwitterte mächtige Steinhaus betreten, in dessen Dachgeschoß sich Lucies Atelier befindet. Es ist eines der seltsamen palastartigen Gebäude auf der uralten, von der Seine umschlossenen Insel im wahren Herzen von Paris, wo früher die reichen Bürger und der Stadtadel wohnten, wo heute jedoch die kleinen Krämer, die verarmten Kleinrentner und viele undefinierbare Existenzen hausen.

Lucie führt den Freund die schmale, steinerne Wendeltreppe empor, deren Geländer auf ihren Holzpfosten bizarre, aus schwarzer Eiche geschnitzte Tierköpfe und Menschenfratzen trägt, ähnlich den Wasserspeiern von Notre-Dame.

Über der fünften Etage beginnt der mächtige

Dachboden. Lucie schließt eine Tür auf und knipst das Licht an.

»Hier ist meine Festung oder besser mein Wolkenkuckucksheim!«, erklärt sie und nimmt ihm die Fischertasche, das Angelgerät und die Mütze ab.

Welch ein Gegensatz zwischen dem finsteren mittelalterlichen Bauwerk mit den meterdicken Steinmauern und diesen zwei lichten modernen Räumen, die mit heller gelber Ölfarbe gestrichen sind und noch eine kleine blitzblanke Küche als Nebengemach besitzen. Das vordere, große Zimmer mit einem breiten, schrägen Fenster und einem Blick auf die Dächer und den Himmel ist der eigentliche Atelierraum. An den Wänden sind ein Dutzend Farbskizzen und Zeichnungen angeheftet und hängen einige Bilder, Kompositionen, exotisches Flechtwerk und Tanzmasken. Auf der Wandborte stehen Gefäße mit Pinseln, Schabmessern, Firnisflaschen, kleine chinesische Pagoden und afrikanische Holzfigürchen. An der einen Seite des Fensters befindet sich die Staffelei, an der anderen Seite eine Couch mit einer dicken bretonischen Wolldecke, in knallbunten blauroten und schwarzen Quadraten gewirkt.

Hier lässt sich zur Not leben!, denkt Henri.

Offenbar hat Lucie den Gedanken des Freundes erraten. »Gefällt dir mein Unterstand?«

»Nicht übel.«

»Und vor allem ungestört. Ich bewohne mit ein paar Katzen des Hauses dieses Dach ganz allein. Keinerlei Nachbarn! Eine himmlische Ruhe! Doch, nun mach dir's bequem, mon petit! Vor allem gib die Nelken, sie brauchen Wasser und verdienen einen Ehrenplatz!«

Er sitzt auf der Couch und genießt die Stille des Raumes, die Abgeschiedenheit dieser Welt der Farben und der von Menschenhand geschaffenen Gestalten, die Konzentration des einsamen Lebens haushoch über dem Menschenmeer von Paris.

»Hier auf das Fensterbrett gehört er! Wie eine Flamme, wie eine rote Flamme ist er!« Lucie stellt den Nelkenstrauß an das Fenster, nachdem sie die dunkelblauen Gardinen vorgezogen hat. Strahlend schaut sie auf den Strauß und ordnet immer noch einige Blumen. Das Licht der Nelken glüht einige Sekunden in ihren Augen. Sie geht wieder zur Küche.

Wie sonderbar es hier ist, wie ruhig, wie sauber, wie bunt und warm, eine andere Welt! Man möchte sich langlegen auf der Couch, die Augen schließen, tief atmen, in den Ohren nichts hören als den feinen sausenden Ton des Blutumlaufs, als das eigene stille Leben …

Schade! Lucie kehrt schon wieder zurück mit einer Flasche Vichy, Orangen und Zucker. »Bediene dich, Henri! Habe ich das Richtige gebracht?«

»Du hast ein gutes Gedächtnis!«, antwortet er, indem er die Zitronen und die Orangen auspresst. »Weißt du, Lucie, mir kommen diese paar lumpigen Monate wie Jahre vor.«

»Man sieht es dir an.«

Er schaut zu ihr hin, die zu dem dunklen Blut der Orangen den hellen Saft der Zitronen in zwei hohe Spitzgläser gießt. Sie trägt einen kurzärmligen Pullover von tiefer venezianischroter Farbe. Und wieder bewundert er wie früher das Muskelspiel an ihren schön geformten weichen und doch kräftigen Armen, wieder fallen ihm ihre sportlichen Schultern auf, die stolze Linie des Halses, der zart geschwungene Mund und die kleine feste Nase, die männliche Stirn und die seidigen, wie aus hellem Gold gesponnenen Haare, die lose und leicht in den Nacken gleiten. Seltsam dieses Gemisch von weiblicher Zartheit mit männlicher Festigkeit und Formung! Wie herrlich wäre es, mit dieser jungen Frau ein paar ruhige Tage hier in der Abgeschiedenheit zu verbringen, mit ihr zu reden, zu diskutieren in einer ganz anderen Luft als in der staubigen Mühle der Politik, von der gesunden, blühenden Vernunft einer Frau sich erfrischen zu lassen! Und dann ausruhen ... vor dem offenen Fenster, langliegen auf dieser bequemen Couch, in den hohen Himmel schauen, vielleicht auch einmal nicht denken, sondern sich einmal freuen an den gesunden, zärtlichen und energischen Bewegungen dieser aus der heiteren Antike herübergeretteten griechischen Göttin und noch besser: die Augen schließen und ruhen in diesen wohl geformten zärtlichen Armen.

Henri richtet sich mit einem Ruck auf und tritt zum Fenster.

»Was hast du? Trink doch!« Sie steht neben ihm. »Der alte unruhige Geist?«

Er schaut in ihre Augen, die den Mann verstehen möchten. Einmal, als sie nach einem Streit über ihre

Grundfrage: Politik oder Kunst auseinandergingen, hatte sie ihn am Rock gefasst und ohne ihren Willen durch das offene Hemd mit ihrem Handrücken seine Brust berührt, dass er zusammenzuckte wie von einem elektrischen Schlag. »Ich möchte wissen, wie es bei dir hier drinnen aussieht, hier tief drinnen?«

Wieder streifte ihr Handrücken seine Brust. Diesmal zuckte auch ihr Körper zusammen, ihre Hüfte bebte kurz, ihre Glieder zitterten eine Sekunde. Erschrocken hatten sie damals einander angesehen.

VIII

Jetzt hockt Lucie auf einem Ende der Couch, während Henri am anderen Ende sitzt. Und Lucie beginnt zu erzählen, dass der Betrieb ihres Vaters mit Hochdruck arbeite, dass eine starke Nervosität herrsche wegen Deutschland und Polen, aber auch wegen der französischen Arbeiter und Kommunisten, dass man infolge der außenpolitischen Spannungen offenbar keine inneren Explosionen wünsche, sondern durch als »Arbeiter« getarnte Agenten und Leute der Croix de feu und der Action française »die Hetzer« herausangele und durch »Personalabbau« auf kaltem Wege den Konflikt behebe.

Henri ist überrascht, wie klar Lucie die Lage darzustellen versteht. Er lässt sich von ihr weitere Einzelheiten mitteilen, die sie bei Tischgesprächen ihres Vaters mit seinen Geschäftsfreunden aufgeschnappt. Die Reaktion hat angesichts der nahen Kriegsgefahr ihr volksfeindliches Gewand abgestreift und den »Arbeiterrock« angelegt. Gewiss, Henri hörte Ähnliches von seinen Genossen. Aber in Lucies Schilderung verliert es seine trockene, doktrinäre Form und erscheint ihm in Gestalt des gesunden Menschenverstandes von einer ganz anderen Seite des Lebens.

»Du weißt«, sagt sie, »ich überprüfe die Kompressionsmotoren, die ich fahre, stets selbst in unserer Kontrollabteilung auf ihre Kapazität und Lebensdauer; ich stehe da in meinem blauen, öl- und rußverdreckten Overall mit dem Monteur in einem Nebenraum der großen Montagehalle. Man muss nun den Motor auf höchste Tourenzahl bringen, ihn stundenlang so laufen lassen und ihn beobachten; das heißt, ich habe ein sehr feines Gehör, ich trete ganz nahe an den Motor und stelle durch das lärmende Rattern und Knattern der Zündungen und Explosionen hindurch an dem hohen, giemenden Ton der Umlaufwelle die zunehmende oder abnehmende Geschwindigkeit fest. Da ist nun der Monteur Charles, ein großartiger Junge, ganz verliebt in die Motoren – er hat sogar für mich kein Auge, wenn der Kompressor zu arbeiten beginnt – er wird dann ganz fanatisch, packt mich am Arm, stößt mich in die Seite wie einen seiner Kollegen: ›Ha, wie er brummt, so ein Bär, nein, viel voller, wie eine Hummel! Aus dem werden wir in Monza und Mailand 300 bis 350 km herausholen!‹ Dabei ist sein ganzer Körper in fieberhafter Erregung, er macht mit dem Arm Kurbelbewegungen, als wolle er den Motor auf noch höhere Tourenzahl bringen, und wenn dann nach Stunden der Kompressor abgestellt und in Ruhe ist, so wischt er von der Welle das Öl nicht mit dem Lappen weg, sondern mit seinem Handballen, als streichele er über den Hals seiner Geliebten – ja, richtig verliebt ist er in seinen Motor und in seine Arbeit! Ich denke, so muss man arbeiten!«

Sie hält einen Augenblick inne, ihre Augen glänzen, ihr Gesicht ist gerötet vor Freude.

Dann fährt sie fort. »Wenn ich jedoch am Abend die Gespräche von Vater mit seinem fetten, asthmatischen Geschäftsfreund höre, wie sie davon reden, dass man nicht das beste Material für die Typenmotoren verwenden kann, weil ein Teil der Herstellungskosten draufgeht für die Schmiergelder an einen Kammerdeputierten, der ihnen die Staatsaufträge zuschanzt, wenn sie davon sprechen, wie man diesen oder jenen der Arbeiter durch die Agenten überwachen lässt und wie gerade Charles, mein Monteur, von ihnen als ›unzuverlässig‹ kaltgestellt werden soll, dann packt mich eine wahre Wut …«

»Dieser Charles gilt als Politischer?«

»Ich sagte dir doch, ein erstklassiger Junge, ein wunderbarer Monteur!«, fährt sie fort. »Der Betrieb würde in ihm einen First-Class-Arbeiter verlieren! Wenn ich sein ernstes, schmales, hingebungsvolles Gesicht vergleiche mit dem aufgedunsenen Lukulluskopf des Mr. Bondériac, Vaters Geschäftsfreund, wenn Charles wirklich aus dem Betrieb auf diese Weise hinausfliegen sollte …«

»Man müsste das verhindern?«

»Um jeden Preis!«

»Wie heißt denn dieser Charles?«

»Charles Galliani.«

Henri gibt einen Löffel Zucker in sein Glas mit Zitronensaft; aus dem Grund quirlen kleine Gasbläschen nach oben. »Könnte ich oder einer meiner

Freunde mit diesem Charles einmal zusammenkommen?«

Lucie schaut ihn an. »Ah, du möchtest ihn für die Politik gewinnen?«

»Er steckt ja schon mittendrin«, entgegnet Henri. »Was willst du mit ihm?«

»Ihn warnen … ihn auf die Achtgroschenjungens aufmerksam machen, von denen du selbst eben sprachst! Wäre es nicht jammerschade, wenn er wegen dieser Schweine auf die Straße flöge, wenn du deinen besten Monteur verlierst, wo du selbst es verhüten kannst?«

Sie schweigt.

»Und bist du nicht selbst mitschuldig, Lucie, wenn dieser Charles ins Gefängnis fliegt oder von den Dreckskerlen nachts über den Haufen geschossen wird?«

»Du übertreibst!«

»Ihr seht das immer erst, wenn es zu spät ist«, erwidert er erregt. »Die Gefängnisse sind voll und nicht mit den schlechtesten Franzosen! Unser Blut ist geflossen, auch ohne dass der Krieg schon begonnen hat, ich weiß das, glaube es mir! Ich selbst habe meinen Dolchstich weg, viele meiner Kameraden haben Löcher in der Haut von den Revolverkugeln dieser gekauften Subjekte, und dein Monteur Charles wird bald auch diese Erfahrung machen!«

Lucie ist aufgestanden. Sie steht an der Seitenwand mit den Bildskizzen und scheint eine Zeichnung zu betrachten.

Plötzlich wendet sie sich ihm zu und sagt: »Scheußlich ist das alles!«

»Kampf ist das alles, Leben ist das alles!«, sagt er. Auch er hat sich erhoben und steht an der Wand. »Du liebst den sportlichen Kampf, Lucie; aber hier geht der Kampf um noch etwas anderes, um einen noch höheren Preis, um ein noch schwierigeres Ziel. Hör einmal, Lucie, du selbst hast ein feines Ohr für die Motoren, du hast ein gutes Auge für die Menschen, du hast mir eben von diesem Charles erzählt, dem erstklassigen, wertvollen Arbeiter, und dann von dem aufgedunsenen, asthmatischen, korrupten Schiebertyp, dem Mr. Bondériac; du hast einen natürlichen, sicheren Instinkt für Gerechtigkeit in dir, sonst hättest du heute auf der Chaussee bei dem Radfahrer nicht so gehandelt, wie du es tatest ...«

»Ach, lass das!«, wehrt sie ab und lauscht begierig seinen Worten, die ihr Wesen enthüllen, so wie er es sieht.

Und Henri spricht weiter von ihr, von dem Grundzug ihres Wesens, von ihrem Gerechtigkeitsgefühl, von ihrem Mut, von ihrer Großherzigkeit, der jede kleinliche Hinterhältigkeit zuwider ist. – »Wie soll man das sagen?«, überlegt er. »Du bist einfach ein Mensch, ein richtiger Mensch!« Und dann spricht er vom Leben, wie er es jetzt lebt, gehetzt, obdachlos, verfolgt, und doch das lebendigste Leben in dieser Zeit. Er spricht vom Kampf gegen den riesigen Schwindel, der im Nebel geheimnisvoll heraufzieht. Er spricht vom Geheimnis des Krieges, dem schon heute die besten Franzosen, welche die geheimnisvolle Fratze enthüllen wollen, geopfert werden als erste Kriegsopfer, so wie wahrscheinlich auch dieser Monteur Charles ... hier müsse eingegriffen werden, man müsse die guten Franzosen und die potentiellen Verräter jetzt schon kennen! Er steht vor Lucie, ganz Feuer und Flamme, er stellt sie wie zum Kampf, er bedrängt sie mit Fragen; und Lucie antwortet ihm jetzt ernsthaft und geduldig, indem sie sein offenes leidenschaftliches Gesicht betrachtet, das wie ein Spiegel jede Erregung seines Innern in hundertfacher Form wiedergibt.

Man wird ihn todsicher eines Tages fassen; er ist ein schlechter Illegaler, denkt sie plötzlich und fürchtet für ihn. Schade um sein Leben, sein Temperament, seine Begabung! Ob man ihn nicht retten kann? Und zugleich bricht bei ihr die frühere Neugier durch, zu erfahren, wie viel in ihrer Macht steht, in das Innere dieses Mannes einzudringen und ihn mit der Kraft ihres Wesens zu umfangen.

»Also, du bist einverstanden, dass man mit Charles Verbindung aufnehmen kann«, fragt er, »dass man ihn in den nächsten Tagen treffen kann?«

»Ja, ich habe es dir versprochen«, antwortet sie. »Verzeih, ich bin von dem Schwimmen und der Luft etwas müde; es ist schon spät. Ich denke, wir werden morgen unser Gespräch fortsetzen.«

Henri ist aufgestanden. »Ich weiß nicht, wo ich morgen sein werde.«

»Du kannst hier auf der Couch liegen; ich schlafe nebenan.« Und wie er nichts erwidert, fährt sie fort: »Das Haustor ist jetzt geschlossen; es ist nicht gut, wenn wir den Kordon unten ziehen und den Concierge wecken.«

Er schweigt.

»Du hast doch keine Angst vor mir?«, meint sie lächelnd.

»Angst … weshalb?«

Er ärgert sich über ihre Frage. Was bildet sie sich eigentlich ein?

IX

Lucie hat Decken und Kissen aus ihrem Schlafraum geholt und auf der Couch des Ateliers ein Lager hergerichtet.

Henri steht vor den Skizzen und Zeichnungen an der Staffeleiwand. Die Sport- und Landschaftsbilder mit Lucies Initialen hat er mit großem Interesse betrachtet. Überall erkennt man die eigenwillige Begabung der jungen Malerin, ihre »Handschrift«. Sie hat zweifellos Talent, ein vielseitiges Talent.

Da ist noch eine Federzeichnung, die eine Straße mit erregten Menschen darstellt, eine Impression, offenbar aus dem Gedächtnis hingeworfen: Menschenmassen drängen aus einem Metroausgang, andere eilen von einem Boulevard diesem entgegen; dazwischen aber hat sich berittene Gendarmerie hineingeschoben.

»Wo war das?«, fragt er.

»Ich glaube, am Place Danton«, erklärt Lucie, die zu ihm getreten ist.

»Weshalb – ich glaube? War es nicht Ende letzten Jahres?«

»Richtig! Woher weißt du das?«

»Und worum geht es da auf deiner Zeichnung?«

»Ach, du Schulmeister«, sagt sie lachend, »siehst du nicht, eine Menschenwolke und dort noch eine Menschenwolke, die aufeinanderprallen wie Gewitterschwaden mit herrlichen Lichtkontrasten, mit tiefen Tinten, wenn man es malen wollte.«

»Herrliche Lichtkontraste ... tiefe Tinten«, ahmt er mit plötzlichem Zorn ihre Stimme nach, »aber dass diese Menschenwolke im letzten Jahr am 1. Dezember bei dem missglückten Generalstreik von diesen auf deinem Bild so winzigen Gendarmen und ›Flics‹ auseinandergeschlagen wurde, dass Dutzende französischer Arbeiter und Frauen mit Wunden am Boden lagen und der Pariser Asphalt zu Füßen Dantons durch Franzosen mit französischem Blute gerötet wurde, das braucht eine französische Künstlerin ja nicht zu interessieren!«

»Ich entscheide selbst, was mich interessiert«, entgegnet ihm Lucie; »das nimm bitte zur Kenntnis! *Du* hättest es wahrscheinlich bei deinem großen Wissen besser gezeichnet – falls du noch zu zeichnen verstehst!« Ihre hellen Augen sind wie gelbe Flammen, rote Zornzacken schießen auf ihrer Stirn hoch. Sie wendet sich von ihm und ist in ihrem Schlafraum verschwunden.

X Henri liegt angekleidet auf der Couch. Wenn er bloß wegrennen könnte! Aber den Concierge alarmieren, das ist heller Wahnsinn!

Wie kam dieser plötzliche Zorn über sie beide? Sie ist empfindlich. Er hat ihr doch nur seine Meinung gesagt. Sie kann keine Kritik vertragen. Vielleicht war der Ton zu hart? Ah, diese Frauen … eine wie die andere! Prinzessinnen auf der Erbse! Verwöhnte Katzen! Man soll stets nur auf Zehenspitzen gehen, ihnen schmeicheln … eine wie die andere! – Aber diese Anklage befriedigt ihn nicht; der Gedanke schmerzt ihn.

Unsinn!

Doch etwas anderes: Jetzt wird sie jene wichtige Verbindung mit dem Monteur nicht herstellen! – Pfui Teufel, wie kann er glauben, dass sie auf so niedrige Weise sich rächt. Nein, dafür wird er seine Hand ins Feuer legen!

Sie ist nicht kleinlich, falsch und katzenhaft, sie ist, wie er noch eben beteuerte, ein Mensch, »ein richtiger Mensch«! Und gewiss, falls sie politisch überzeugt wäre, ein ausgezeichneter Kamerad; mit ihr könnte man »Pferde stehlen gehen«!

Er schiebt die Gardine beiseite und drückt den Fensterflügel auf. Dort auf dem Fensterbrett glüht aus dem Halbdunkel der Strauß roter Nelken. Er schließt seine Hand um die leidenschaftlichen Blüten mit ihren purpurnen gezackten Rändern, man müsste sie festhalten, alles Schöne vergeht so schnell, man müsste sie zeichnen, mit Farbstiften festhalten.

»Falls du überhaupt noch zu zeichnen verstehst!« – Ein Gemüt hat die Frau, ihm gleichsam vorzuwerfen, dass er der großen Sache seines Volkes vorerst seine Kunst geopfert hat!

Vorerst?

Plötzlich fühlt er einen richtigen Stich in der Brust.

Vorerst?

Vielleicht für immer!

Vielleicht hat sie sogar recht mit ihrem Instinkt,

dass er in der Mühle der Politik mit all den anderen zermahlen wird zu jener gewaltigen Masse, die zwar aus Millionen fühlenden und fähigen Einzelwesen besteht, die aber doch nur als »Masse« eben Masse ist und existiert. Und dass es aus ist mit seiner Existenz als Künstler, mit der heiligen glühenden Freude an den Formen, an den Farben und an der Gestaltungskraft, die man ständig erproben und trainieren muss so wie ein Ringer und Schwimmer seinen Körper.

Ob er, der kein schlechter Maler und Zeichner war, wirklich nicht mehr zeichnen kann, jetzt, da er viel tiefer das Leiden und die Qual, die Sehnsucht und den Kampfesmut der Menschen empfindet?

Er tritt vor die Zeichnung Lucies, die jene Demonstration am Place Danton darstellt. Nicht übel hat sie diese Impression der gewitterartigen »Menschenwolke« festgehalten. Talent, ein starkes Talent spricht aus der Komposition und den erregten Federstrichen! Aber mehr Klarheit und zugleich mehr Phantasie wären denkbar! Etwa, wie einer der Gendarmen auf die Männer mit erhobenem Säbel einhauen will, jedoch von den Frauen vom Pferde gerissen wird, so wie in Rubens »Amazonenschlacht«. Lucie ist doch selbst solch eine Amazone mit ihrem sportlichen Körper und ihrem streitbaren Geist! Er wird ihr zeigen, was sie ist – keine Spur von fühlendem Weib, eine Amazone! Und er wird auch beweisen, dass er doch noch zu zeichnen versteht!

Da liegt auf dem Gefach ein Zeichenblock; von der Borte nimmt er ein Gefäß mit Stiften. In zorniger Erregung wirft er eine Skizze von Lucies Kopf aufs Papier, so wie er sie vorhin sah, flammend, kampfentbrannt, geladen mit Energie. Aber er wischt die Mundlinien wieder weg, sie sind zu hart; er nimmt Farbstifte, deutet die weich geschwungenen Lippen mit Karmin nur an und die hellen zurückgebundenen Haare mit lichtem Ockergelb. Er reißt das Blatt ab und beginnt mit Kohle die eigentliche Zeichnung, die Komposition: Die Masse ist eine drohende Brandung stürmischer, dunkler Körper, Gesichter, Fäuste; nur um die sich bäumenden Pferde konzentriert sich alles Licht, alle Schärfe; dort bei dem niedergerissenen Gendarmen ist ein Frauenantlitz neben dem wütenden Bullenkopf des vom Pferde Stürzenden klar durchgezeichnet – Lucies Gesicht, mit spitzem

Stift durchgearbeitet; man müsste es mit Farben anlegen, dass alles noch klarer und lebensvoller würde, nicht eine »Menschenwolke«, nein, Menschen, die sich gegen die Beamtentiere, gegen Pferde und Säbel zur Wehr setzen, Menschengesichter, sichtbar, voll Farbe, Blut und graugrüner Qual, keine »Menschenwolke« und keine schwarzen »tiefen Tinten« …

Er ist ganz von seiner Arbeit besessen und beginnt, mit den Farbstiften bunte Lichter aufzusetzen. Auf einmal spürt er einen Atem hinter sich, einen erregten warmen Atem hinter seinem Kopf, der tief über den Karton gebeugt ist.

• • •

»Wunderbar«, sagt eine leise Stimme.

Er rührt sich nicht.

Eine Hand greift über ihn und nimmt das andere Blatt weg, das Blatt mit der farbigen Skizze des Frauenkopfes.

Er fährt hoch und reißt das Blatt an sich.

Sie stehen einander gegenüber, Auge in Auge, Brust an Brust. Lucie steht vor ihm in einem weißen, ärmellosen Pyjama, ihre Augen strahlen, diesmal im Triumph.

»Also doch!«, sagt sie und lacht mit weit geöffnetem, sieghaftem Mund wie eine Mänade.

»Du hast recht«, knurrt er böse, »ich kann nichts mehr!« Er zerknittert das Blatt in seiner Faust.

Schnell hat Lucie seine Handgelenke umfasst. »Sei nicht so roh, Henri! Es ist schade darum, Henri! Du kannst sogar sehr viel! …«, fügt sie leise hinzu.

Er schaut sie an. Ihre Augen sind groß und seltsam ernst. Plötzlich scheinen sie sich zu verdunkeln wie ein Licht, über das man ein seidenes Tuch gehängt hat. Und wieder verschwindet das durchsichtige Tuch. Tränen beginnen die Augenwinkel zu füllen.

»Ich wollte dich vorhin nicht verletzen, Henri, glaub mir's!«, flüstert sie. »Ich konnte nicht schlafen, ohne dir das zu sagen.«

Und ehe er etwas erwidern kann, schüttelt sie diese Weichheit jäh ab, legt das Blatt mit dem farbigen Kopf auf den Tisch und glättet es vorsichtig. »Seien wir vernünftig, Henri!«, meint sie. »Verzeih, wenn ich bloß eine Sportlerin und Malerin bin und beim besten Willen von Politik nichts verstehe, und wenn mich deine Zeichnungen interessieren, gerade im Vergleich mit den meinen!«

Sie steht da, hält mit der einen Hand ihr Blatt mit den »Menschenwolken« und in der andern Hand sein Blatt mit der Konzentration des Lichtes, der Farbe und den scharf herausgehobenen Köpfen der Frau, des Gendarmen und des sich bäumenden Pferdes.

»Ja, ich verstehe«, sagt sie. »Wenn du zeichnest, verstehe ich dich besser, als wenn du sprichst.«

»Ich weiß nicht, was mit mir los war«, erklärt er, indem er vor sich hin schaut, »ich war total verrückt, besessen, verzaubert, wenn du so willst.«

Sie lächelt.

Er blickt auf. Ihre nackten runden Arme halten jetzt die Farbskizze des Frauenkopfes, den sie mit halb zugekniffenen Augen aufmerksam betrachtet.

»So siehst du mich?«, fragte sie.

»So bist du!«

»So wild und hart?«

»Wild und hart?« Er tritt rasch neben sie, um die Skizze zu überprüfen. »Die Stirn, die Backenknochen und die Augen – ja; aber schau doch den Mund, weich und zart geschwungen, die weichen seidigen Haare, und auch die Augen, stark und empfindsam zugleich, wie von einer Hexe, einer Zauberin ...«

»Hexe? Das ist etwas Unglückbringendes!«

»Glück- und Unglückbringendes zugleich, Schmerz- und Freudebringendes zugleich, Hartes und Weiches zugleich, Klugheit und Tollheit zugleich, Männliches und Weibliches zugleich ...«

»Falsch, falsch, falsch!«, sagt sie mit unerwarteter Erregung und wirft das Blatt auf den Tisch. »Weil ich dir einmal zu sehr die Wahrheit sagte, bin ich hart und männlich, weil du im Grunde nichts verstehst, gar nichts ...«

Sie ist vor ihn getreten, hat mit einem festen Griff ihn an den Armen gepackt, dass ihre nackten Schultern die seinen berühren, in ihren Augen fliegen wieder die dunklen Schatten über den hellen Grund, ihr ganzer Körper zittert vor elektrischer Spannung, ihre Schultern, ihre Arme, ihre Hüften. – »Ich will nicht, ich liebe dich nicht, hörst du, ich liebe dich nicht!«, stöhnt sie leise und umarmt ihn mit aller Kraft, während sie ihre tränenüberfüllten Augen gegen seine Lippen presst.

XI

Wie lange ist es bloß her, dass wir von dem Fluss über die Chaussee an dem Radfahrer vorbei nach Paris fuhren? Wer ist der Mensch, der neben mir mit tiefen Atemzügen schläft wie ein Knabe nach wildem Spiel?

Lucie kann nicht schlafen, so müde sie auch ist. Ihre Gedanken sind wach und bewegt. Die meisten ihrer Bekannten halten sie für stolz und kühl trotz ihrer Flirts mit den Männern. Viele glauben, dass sie mit diesen Flirts weniger die verspielte Vorfreude der Liebe erproben will als die Macht der verwöhnten, charmanten Frau über den Mann. Jedenfalls sehen alle in ihrem Wesen vorwiegend die Kälte, die Unberührtheit von jeder Erotik.

»Sie sind eine wunderbare antike Statue!«, hatte der alte Professor Bastanier – der schmerbäuchige

Sybarit, wie Henri ihn nannte – ihr einmal verzweifelt zugerufen.

»Zu jeder Statue gehörte das lebendige Original!«, war ihre Antwort.

»Richtig, richtig! Aber wo ist das Original zu dem Marmor? Wo ist das Original?«, flehte der Alte, der sie nicht bewegen konnte, ihm als Akt für eine Komposition Modell zu stehen. »Ich bezweifle, dass das lebende Modell zu Ihnen überhaupt vorhanden ist!«

Ja, dies lebende Original zu sich selbst – das war die Kernfrage! Dies wahrhaft lebendige Ich – darum geht es. Wer ist sie eigentlich? Irgendein griechischer Philosoph sprach von dem: Erkenne dich selbst! als dem entscheidenden Punkt des Lebens. Ihre vielen Erlebnisse mit Männern und Menschen hatten sie trotz aller Erfahrungen diesem Punkt nicht näher gebracht.

Vielleicht hatte der Professor mit seiner »Marmorstatue« recht? Ihre Sportsfreunde waren sich darüber einig, dass diese tollkühne, nervenharte Rennfahrerin und Meisterschwimmerin »eigentlich ein Mann« sei, dass ihr weiblicher Charm bloß eine Maske darstelle, ein Kuriosum, das die Natur sich zum Scherz erlaubt habe. Grade diese Meinung der Umwelt schmerzte und beleidigte sie aufs tiefste, ohne dass sie es sich eingestand. Schließlich hatte sie selbst diese Meinung genährt, indem sie immer wieder diesem und jenem ihrer Verehrer, »ihrer verliebten Kater«, vorhielt: »Was wollen Sie eigentlich von mir? Ich bin ein Rennfahrer, ein Soldat, ein Mann!«

XII

Was aber war in dieser Nacht geschehen?

Als vor drei Jahren Henri – der begabte Sohn eines Trambahnschaffners, der auf ein Stipendium hin studierte – in abgeschabten dunklen Hosen und einem hellen Jackett recht unsicher und hilflos in den Saal der Zeichenklasse trat, da hatten die andern ihn mit kühler Neugier gemustert, so dass er beim nächsten Schritt über seine langen Beine stolperte und ein ganz sinnloses »Pardon« hervorstieß.

Der Assistent des Professors hatte den seltsamen Eindringling gefragt: »Sie sind Modell?«

»Student!«, hatte Henri geantwortet, indem er dem Assistenten ruhig in die Augen sah, ohne ein Zeichen des Gekränktseins.

Lucie bemerkte damals diese einfache natürliche Gradheit des jungen Studenten. Auf den ersten Blick gefiel ihr sein offenes Gesicht. Vielleicht hatte sie auch Mitleid mit dem Menschen, der so einsam dastand, während aller Blicke prüfend auf ihn gerichtet waren.

»Hier ist noch ein Platz frei«, sagte sie geradezu, ohne sich um das Lächeln der anderen zu kümmern, als Henri sich neben sie setzte. Ja, damals hatte sie sogleich eine starke und reine Sympathie für Henri empfunden. Sie waren gute Kameraden geworden. Und Henri sah nichts Ungewöhnliches darin, wenn sie ihm ihre Farben und Stifte überließ und ihm in jeder Weise half. Er bedankte sich nicht einmal dafür. Vielleicht galt das in Arbeiterkreisen als etwas Selbstverständliches.

Einmal saß er allein im Gipsmodellkabinett und zeichnete. Sie hatte in einer dünnen Bastschachtel riesige Erdbeeren von der Côte d'Azure mitgebracht; sie stellte die Schachtel hin, und er aß die Beeren mit ihr gemeinsam; die größte steckte sie ihm direkt in den Mund. Aber auch das änderte nichts an seinem Verhalten zu ihr. Manchmal fragte sie sich: Ist er überhaupt ein Mann? Das war ja genau die Frage, die man ihretwegen erhob: ob sie überhaupt ein Weib sei? Wie oft hatte sie sich vorgestellt, dass er einmal »wild« werde.

Doch da er eben es wurde, da war er ihr mit einem Male fremd, ja unsympathisch, er war plötzlich ein anderer. Sie hatte sich gegen ihn gewehrt, bebend, mit ihrer sportlichen Kraft. Er hätte bestimmt nichts erreicht, wenn nicht gänzlich überraschend alle Kraft von ihr gewichen wäre, wenn sie nicht gelähmt gewesen wäre wie von einem elektrischen Schlag.

Das beunruhigte sie.

Deshalb tauchte wie ein Gespenst aus dem Nebel die alte Frage auf: Wer bin ich eigentlich? Und wer ist das Wesen neben mir, dessen Kopf an meiner Brust ruht?

Woher kam dieser furchtbare elektrische Schlag, der meinen Körper willenlos erzittern ließ? Hatte das Original die Marmorstatue gesprengt?

Niemals früher hatte sie diese Frage so scharf gestellt. Henri war nicht der erste Mann, mit dem sie eine Nacht verbrachte. Sie hatte ihrem Körper das Recht eingeräumt, das – wie sie glaubte – ihm zukam. Gewiss, während der Zeit des Trainings lebte sie wie eine Nonne, sie überwachte ihren Körper auf die Reaktionsfähigkeit der Muskeln und der Nerven. Aber nach absolviertem Rennen und dem Wettschwimmen, das sie als eine der wenigen Frauen auch auf Langstrecken bestritt, gab sie ihrer Natur »Auslauf«. Sie nahm an den Soireen und Bällen teil, sie aß und trank nach Herzenslust, sie liebte mit ganzer Leidenschaft wie eine Mänade. Diese Liebe war eine rein physische Liebe, den Lebensdurst zu stillen, und auch vor sich selbst zu beweisen, dass sie ein Weib sei. Am Morgen war sie stets wieder Marmor, fast beziehungslos zu ihrem Partner, der vor einem Rätsel stand.

• • •

Diese Nacht jedoch hatte etwas Merkwürdiges in ihr begonnen. Sie hatte die Brust des Menschen, den sie mit ihren nackten Armen an sich presste, zugleich aufreißen mögen, um in sein Inneres zu sehen. Weshalb erregte es sie so sehr, dass dieser Mensch sich mit Politik beschäftigte? Weil dies ihn der Malerei entfremdete oder dem Leben, wie sie glaubte? Aber seine Kohlezeichnung sprühte ja von Leben und von einer seltsamen Leidenschaft der Linien und Lichter.

Sein magerer, knabenhafter Kopf, der in ihren Armen ruht, hat noch im Schlaf die kämpferische Spannung nicht aufgegeben. Vorsichtig rutscht sie etwas von ihm ab, ihn besser zu betrachten. Sie spürt, dass sie von diesem – von seiner Idee besessenen – Jungen nicht loskommt, ehe sie nicht das Rätsel, das sie an ihn bindet, gelöst hat.

Über die kleine Stehlampe ist ihr kleiner Seidenschal gebreitet. Das gedämpfte Licht streicht über seinen dunklen Schopf, den schmalen Mund, die breiten Schultern mit den Ansätzen des Halsnickers, sie möchte in sehr großer Zärtlichkeit ihn umarmen und küssen; aber eine ungekannte Scheu hemmt sie. Sie möchte vorher ins Innere dieses Menschen schauen, ihn mehr erkennen und verstehen.

Etwas Geistiges ist in ihre Liebe getreten.

XIII

In dieser Sonntagsnacht rollen und tuten ununterbrochen die Taxis durch die engen, alten Gassen zwischen den Brückenübergängen der Seine. Wieder rattert der Motor eines Wagens, der Chauffeur gibt Signal, eine Bremse quietscht, Schreien und Fluchen erregter Männer tief drunten im Straßenschacht.

»Was ist?«

»Still, nichts … gar nichts, chéri!«

Henri sitzt angestrengt lauschend im Bett.

»Wie viel Uhr?«

»Erst zwei! Sei ganz ruhig, Liebster!«

Er hat das seidene Plumeau von sich geschoben und den Fuß auf den Boden gesetzt. Sie hält ihn von rückwärts umfasst, ihren Mund an seinem Ohr: »Du bist hier bei mir völlig in Sicherheit, niemand wird hier heraufkommen, sei gewiss! Leg dich wieder!«

Unten klopft man ans Haustor. Der Kordon wird gezogen. Henri lauscht atemlos.

Im Hof wieder die fluchenden Stimmen. Schwere Schritte kommen die Treppe herauf.

»Lass mich!« Er ist aufgesprungen und hat sich in seine Kleider gestürzt. »Kann man über die Dächer?«

Sie steht neben ihm. »Geh, wenn du willst ... brich dir den Hals, wenn du willst, wegen eines Betrunkenen, den man in seine Bude bugsiert!«

Henri, der in der seitlichen Rocktasche sich seines Revolvers versichert, geht zur Tür und horcht, das Ohr am Holz. Dumpf dringt der Lärm aus der unteren Etage, wo die Männer in einer Wohnung landen. Offenbar hat Lucie die Lage richtig eingeschätzt. Sie steht in ihrem weißen, ärmellosen Pyjama, die Füße in scharlachroten Saffianpantoffeln an einem Glastischchen; sie hat mit dem Lampenkontakt den Kaffeesieder in Gang gesetzt, aus der unteren Bombe steigt bereits in der schmalen durchsichtigen Röhre der dunkle Saft empor, wo in der großen Glaskugel das Wasser mit dicken Blasen zu kochen beginnt und das Konzentrat nach oben saugt.

Wie eine Zauberin, wie eine wunderbare Hexe aus der Märchenwelt der Menschheit steht sie da – ihr Haar glänzt wie ein goldner Helm über dem kühnen Profil, die aufgelösten Locken fallen wie sich ringelnde schillernde Schlangen über die Schultern; sie hat einen dunklen Schal aus schwerer Seide sich um den Hals geschlungen, auf ihm schwingen zwei aus weißer Seide gestickte Flamingos mit gelben Flügeln nach rechts und links hinauf zu den nackten Schultern, als wollten sie in Kampf treten mit den goldenen Schlangen vom Haupte der jungen Zauberin. Jetzt hebt sie die dünne Röhre mit dem zu schnell heraufziehenden schwarzen Saft an, beugt den Kopf und bläst die dunkle Flut in der großen Glaskugel durcheinander, dass sie sich leichter mit dem schon siedenden Wasser mische. Und wieder sieht er diese sportlichen und doch weiblich runden Arme, die unten mit einem sehr feinen, goldnen Flaum bedeckt sind, diese festen Schultern, die vollen Brüste, die seidigen, zärtlichen goldnen Locken und die männliche Stirn; er fasst sie von hinten an den Armen, zieht ihre Schultern zurück und flüstert zornig an ihrem Ohr, während sie den Kopf lauschend zurücklegt: »Brich dir den Hals, wenn du willst, wegen eines Betrunkenen!, hast du gesagt – brich dir den Hals!«

»Wenn du willst ...«

Sie hat ihren Kopf halb zu ihm gewandt und schaut ihm schräg in die Augen, während ihr aufgewühltes Haar wie mit einem goldenen Schleier einen Teil seines erregten Gesichtes bedeckt; langsam windet sie sich in seinen Armen herum, seinen Griff sprengend, bis sie Brust an Brust vor ihm steht mit hellen, in blauen Blitzen strahlenden, triumphierenden Augen: »Ich wusste ja genau, mein Liebling, dass du nicht auf das Dach steigen wirst – weil du nicht willst, was ich nicht will.«

»Und wenn ich doch gestiegen wäre?«

Sie schüttelt verneinend den Kopf und lacht.

»Verhext ...«

Sein Körper strafft sich im Widerstand, seine Muskeln beginnen zu beben von der furchtbaren Spannung, er steht wie angenagelt, doch sein Kopf arbeitet, er will sich befreien, loskommen.

Sie hat ihre Arme um seinen Hals gelegt, ihre kühlen Hände vereinigen sich auf seiner Stirn und schließen dort den magischen Kreis, während sie ruhig und unendlich zart seine Augen küsst, seine Wangen, seinen Mund.

Alle Spannung ist von ihm gewichen. Federleicht ist sein Körper, möglicherweise steht er gar nicht mehr auf dem Boden, er fliegt schräg durch die Luft, oder liegt er auf einem Wasserspiegel und wird bloß gehalten von zwei Armen und von einem Mund …

Und von diesen Augen?

Ernst und fest schaut sie ihn an.

»Ich wusste ja, dass es so kommen würde«, sagt sie leise. »Vielleicht hättest du nicht mit mir fahren, vielleicht doch nicht hierbleiben sollen? Du wirst sehen, mit jeder Minute, da du jetzt hierbleibst, wird deine Liebe immer stärker und tiefer werden, ich fühle das, du wirst wie in einem tiefen Wald mit tausend Schlinggewächsen und betäubenden Blumen versinken, du wirst da nicht mehr herauskönnen, wenn du jetzt nicht schnell von mir gehst.«

Sie hat ihn freigegeben und steht vor ihm, die

Arme über ihrer Brust gekreuzt, als fröstele es sie, die Augen in schmerzlicher Erregung geschlossen.

»Unsinn!«, sagt er, sich wieder sammelnd. »Mich fliegt die Leidenschaft wie ein Feuer an und vergeht ebenso schnell. Ich habe nie länger als zwei Monate lieben können; dann war es plötzlich aus, ohne dass ich wusste, weshalb. Es war einfach aus!«

»So war das bisher?«, fragt sie aufmerksam.

»Ja.«

»Immer?«

»Immer.«

»Ich warne dich, mon petit gars, bei mir wird es anders sein.«

»Ich glaube kaum.«

»Trinken wir Kaffee!«, meint sie, während sie sich wieder niederlegt, unter das Plumeau kriecht und mit ausgestreckten Armen das Glastischchen zu sich heranzieht. »Setz dich etwas zu mir, gieß uns ein, es ist kalt so früh – vielleicht willst du das Fenster schließen? Nein? Nun gut! Ah, ich liebe einen ganz heißen Mokka frühmorgens mit etwas Zitrone darin und einem Fin hinterher. Hole bitte nebenan den Kognak vom Sims, drei Sterne sind auf dem Etikett, und zwei Gläschen!«

Stumm trinken sie den Kaffee. Er tut gut; es ist wirklich kühl in der Morgenfrühe. Durch das schmale, schräge, offne Fenster des Schlafgemachs weht ein ganz leiser Wind. Draußen steht ein großer Stern mit silbernen, glitzernden Zacken am grünen Himmel, der mehr und mehr sein dunkles Blau verliert. Es ist sehr still in der Millionenstadt Paris. Es muss gegen drei Uhr sein.

Ihn fröstelt. Er zuckt zusammen.

»Hier, einen Fin!«, sagt Lucie und schiebt ihm das Gläschen mit dem Kognak hin.

Wieder sieht er den goldenen Haarflaum an ihrem Unterarm.

»Was schaust du?«, fragt sie.

»Wie du trinken kannst!«

»Weshalb?«

»Den Kognak …«

»Nun und …«

»Wie ein Mann.«

Er weiß nicht, weshalb er das sagte. Das Wort kam eigentlich wider seinen Willen aus seinem Mund.

Sie hat ihr Glas auf den Tisch gestoßen, dass der Kognak überschwappt, ihre Augen sind voll zorniger Erregung, eine Falte durchschneidet ihre Stirn. Sie ist seinem Blick auf ihren Arm gefolgt.

»Weshalb lügst du?«, fragt sie heftig. »Wie ein Mann!, sagst du, nicht weil ich Kognak trinke, aber wegen ...«, und sie blickt auf ihre Arme, »und weil ich Langstrecken schwimme wie ein Junge und die Kurven schneide wie ein Rennfahrer und weil ich meinen Kopf und meine Nerven behalte, wenn andere wegen eines Betrunkenen auf die Dächer klettern wollen – deshalb bin ich ein Mann, du Dummerjan?!«

Mit einem Ruck hat sie sich aufgerichtet und kniet im Bett. Seinen Kopf hat sie an sich gepresst, sie beugt sich über ihn, bis seine Schultern ihre Knie berühren, und während sie ganz sacht seine Augen wieder freigibt, lächelt sie ihm zu: »Du großer dummer Junge ... mein Dummerjan, bist du meiner, bist du meiner?«, stöhnt sie und schaut ihn mit riesigen Augensternen an, mit einem ganz kindlichen, fast erschrockenen Gesicht.

XIV

Die schöne gläserne Kaffeemaschine ist zum Teufel; sie ging, als das Tischchen umfiel, in Scherben. Dennoch hat Lucie im Atelier schnell einen Frühstückstisch hergerichtet: Tee, eine Käseplatte mit Früchten und Oliven, frische Eier, Landbrot und *keinen* Kognak. In die Mitte aber hat sie den roten Nelkenstrauß gestellt.

Sie trägt ein dunkles wollnes Strickkleid mit einem norwegischen Sportpullover in hellblauen und weißen Rhomben.

Sie streicht für sich und den Freund einen Berg Butterbrote, während Henri den Fromage de Brie mit Butter, Kümmel und Pfeffer anmacht. Plötzlich hält sie inne und schaut durch das weite Atelierfenster auf den sich rosa färbenden Himmel.

»Ich möchte das nicht, Liebster, nicht für dich und

nicht für mich – ich habe dich doch gewarnt! Ich kenne mich ein wenig. In mir ist das wie ein Staudamm; das alles sammelt sich lange in mir, drängt sich zusammen; aber wenn der Damm durchbrochen wird, so ist das furchtbar, hemmungslos, elementar. Meine Liebe wird dann so sein, dass ich alles andere darüber vergesse.« Wieder ist dieser kindlich erschrockene Ausdruck in ihrem Gesicht. »Bedenke das, Liebster!«, fährt sie fort und fasst seine Hand. »Das ist schlimm … auch für dich!«

»Weshalb?«

»Auch du wirst vieles vergessen über unsrer Liebe.«

»Ich werde nicht mehr arbeiten können?«

»Wenn du *das* sagst …« sie hat seine Hand losgelassen. »Fühlst du nicht, wie du mich beleidigst? Du wirst *mehr* Arbeitsfreude und Arbeitskraft haben als bisher – für alles, was lebendige Arbeit und wahres Leben bedeutet, also auch für deine Kunst; nur …«

»Nur …«

»Nur für alles Unwahre, leblos Verlogene wirst du nicht mehr zu haben sein, das wirst du vergessen wollen, daran wirst du keine Freude mehr haben, nicht an dem falschen Lärm da draußen, nicht an der Mache gewisser Politiker …«

»Weshalb muss es denn *falscher* Lärm sein?«, entgegnet Henri. »Die da draußen sorgen schon dafür, dass es echter Lärm ist! Und ich denke, das Blut, das im letzten Winter – zwar nicht auf deiner Zeichnung, aber in Wirklichkeit am Place Danton den Asphalt rötete, das war auch ein Teil vom Leben!«

Sie schweigt. Sie schaut auf den Freund, dessen Augen vor Kampflust glühen. Sein schmales Gesicht ist ganz entflammt.

»Was ist denn die Politik, die du so missachtest?«, fährt er fort. »Es ist der täglich sich steigernde Kampf um ein gerechteres und glücklicheres Leben, es ist der Kampf gegen die Rohheit und gegen die Dolche der Banditen des Croix de feu, es ist der Kampf für Schönheit und Glück, es ist …«

»Es ist jene Schönheit«, fällt Lucie ihm ins Wort, »da von den Gewehrkolben den Menschen die Zähne eingeschlagen werden und Blut und Knochensplitter mit dem Staub der Straße zu einem schrecklichen Brei sich vermengen …«

»Und wenn durch jenen schrecklichen Brei die Flamme des menschlichen gerechten Zornes emporschlägt – schön, hinreißend schön ist das! Und der Glaube des Menschen an die Zeit muss und wird kommen nach diesen Tagen der eingeschlagenen Zähne und des in den Dreck geronnenen Blutes, an dem auch du nicht vorbeigehen kannst!«

»Lass mich da aus dem Spiel!«, wehrt sie ab.

»Keine Sorge! Ich brauche da keinen Finger zu rühren!«, erwidert er. »Hast du selbst mir nicht erklärt, dass man deinen Monteur Charles durch die Achtgroschenjungen der Sûreté bespitzeln lässt, dass er kaltgestellt werden und auf die Straße fliegen soll?«

Sie schweigt. Wieder erscheint die Falte zwischen ihren Augenbrauen.

»Jeder ist da heute im Spiel, ob er will oder nicht«, sagt er.

Plötzlich resümiert sie aus ihren eigenen Gedanken heraus: »Ich werde dir die Verbindung zu Charles schaffen; du hast recht, man muss ihn warnen, ehe es zu spät ist. Wo und wann willst du ihn treffen?«

»Ich muss das mit meinen Freunden besprechen«, antwortet er: »Du erhältst bald Nachricht.«

»Ah, darüber findet wohl erst ein Kronrat statt?«

»Eine Besprechung mit zwei, drei Genossen«, erklärt er ruhig.

»Und du allein kannst das nicht entscheiden?«

»Nein.«

»Nichts für mich!«, sagt sie schnell. »Ich liebe keine Bevormundung, ich handle nach meinem Gefühl, nach meinem Willen, nach dem ersten Blick!«

»Stimmt nicht!«

»Stimmt!«

»Dann hättest du gestern dem Cadillac die Bahn geschnitten – nach deinem Gefühl – ihn angehalten auf den ersten Blick, in dem ersten gerechten Zorn diese Schweine zur Rede gestellt. Doch du hast meine Mahnung gehört: Ich möchte jetzt nicht in einem Polizeiprotokoll erscheinen! Da hast du mit Recht deinen Fiat gestoppt und auch dein Gefühl auf den ersten Blick ...«

»Dank deiner Bevormundung ...«

»Dank *deiner* Vernunft ...«

»Vielleicht wäre es vernünftiger und richtiger gewesen, diese rücksichtslosen Schweine doch anzuhalten!«, opponiert sie erregt. »Bei nächster Gelegenheit werden diese Säcke den nächsten Radfahrer genauso kaltblütig über den Haufen fahren, weil niemand gegen sie auftritt! Für sie ist der Mensch ein Dreck! Und auch ihr wehrt euch nicht!«

Er schaut sie lächelnd an und freut sich über ihren Zorn. »Dir scheint die Sache ja äußerst amüsant zu sein?«, faucht sie ihn an.

»Nicht amüsant«, erwidert er, »aber ich freue mich, dass auch du nicht ›aus dem Spiele‹ bleiben kannst.«

»Wie?«

»Weil dein Gerechtigkeitsgefühl es nicht zulässt, weil du ein Kämpferherz in der Brust hast! Ja, Lucie, bei all deiner Klugheit und Vernunft hast du alle Vernunft beiseitegeworfen, als der Zorn über die Gemeinheit dieser feisten Autoärsche dich packte – ein Kämpferherz hast du, Lucie, ein echtes Kämpferherz … und vielleicht nicht bloß für den Kampf im Stadion«, fügt er leiser hinzu.

»Nun nenne mich bloß noch einen Soldaten!«

»Einerlei«, meint er und blickt zum Fenster hinaus auf den dünnen silbernen Frühnebel, der sich aus der Seine erhebt. »Ohne dein ehrliches Kämpferherz könnte ich nicht so bei dir sein.«

»Das also ist die Hauptsache?«

»Und weil du begabt bist«, fügt er schnell hinzu und schaut ihr mitten in die Augen.

Sie hält seinem Blick stand. »Meine Begabung wäre erst unter Beweis zu stellen, mon petit gars, und zwar im Vergleich mit der deinen. Höre, ich möchte deine und meine Zeichnung jener Szene am Place Danton meinem Professor zur Begutachtung vorlegen.«

»Bastanier? Dieser hohlen Blase?«

»Ich schätze ihn sehr.«

»Meinen Glückwunsch!«

»Ich möchte«, fährt sie fort, »deinen und meinen Karton als zwei Varianten dem Professor zeigen und bei dem sicheren Geschmack, den er besitzt ...«

»Dieser Bastanier ist ein Schuster, ein Küchenbulle, aber kein Künstler!«, platzt Henri heraus. »Hat er je etwas Menschliches gemalt?«

»Er wird bald etwas sehr Menschliches malen!«, entgegnet Lucie mit vollendeter Ruhe.

»Pah, noch ein schwer bezahltes Porträt eines Deputierten mit einem Burgunderkopf und einem Bauchglobus unter der Weste ...«

»Etwas weit Menschlicheres, ich sagte es dir doch«, unterbricht sie ihn, indem sie ihm frischen Tee eingießt. »Er hat mit einem Akt begonnen, mit einem Akt von mir.«

»Unmöglich!« Henri schaut sie entgeistert an.

»Nimmst du eine Zitrone? Bitte. – Übrigens scheint ihm die Arbeit zu gelingen, ein Akt in warmen, pastösen Tönen wie ein Renoir …«

»Und du hast ihm Modell gestanden?!«

»Weshalb nicht? Gerade ich als Malerin verstehe, wie wichtig ein Modell für den Maler ist, nicht irgendein zufällig gemietetes Modell, sondern ein bestimmtes …«

»Für einen bestimmten Mr. Bastanier!«

»Außerdem ist es für eine Frau immer eine große Sache, gut gemalt zu werden, ihre Jugend gleichsam unvergänglich zu wissen; denke doch an die Maya des Goya oder an Rembrandts Aktbild der Hendrickje Stoffels!«

»Ich finde es einfach geschmacklos, diesen Stümper Bastanier in einem Atem mit Rembrandt oder Goya zu nennen!«

Er hat sich erhoben.

Sie betrachtet den Freund aus schmalen Augen. »Ein Goya hätte meinen Akt malen dürfen?«

Henri hat sein Fischergerät, seinen Rucksack und seine Mütze genommen. Er schaut nach der Uhr. »Es ist halb fünf; die Leute gehen schon auf der Straße.«

Sie steht vor ihm, lächelnd, mit strahlenden, hellen Augen, golden glänzen ihre Haare im jungen Tageslicht.

»Ah, mon pauvre gars, gekränkt bist du, wenn ich dem Professor Modell stehe? Eifersüchtig bist du auf ihn, mon petit fou?« Sie nimmt ihm das Angelgerät und die Mütze aus der Hand; plötzlich legt sie ihre Arme um seinen Hals, presst ihren Mund an sein Ohr und flüstert: »Natürlich habe ich dem dicken Bastanier *nicht* Modell gestanden, du Dummerjan! Niemals werde ich das tun ...« Und ganz leise fügt sie hinzu: »Erst recht nicht nach dieser Nacht!« Er fasst sie an den Schultern, drückt sie etwas von sich, dass er sie genau sehen kann und fragt: »Wirklich?«

Sie nickt.

»Weshalb quälst du mich dann?«

»Quält dich das?« Ihre Augen strahlen wie große Sterne. »Unsinn.« Er lässt sie. »Du *möchtest* mich vielleicht quälen; aber es wird dir nicht gelingen! Ich habe kein Verständnis für den Flirt und keine Zeit dafür!«, erklärt er schnell und grob und setzt seine Mütze auf.

Sie blickt in sein ernstes, gespanntes Jungengesicht, eine mächtige Welle steigt zu ihrem Herzen an, ruhig legt sie ihre Hände auf seine Schultern; dann sagt sie leise, während ihre Mundwinkel eine Sekunde lang zittern: »Ach, das alles ist ja bloß ein Traum, ein wunderbarer, unfassbarer Traum ... aber sage doch noch einmal, dass du mich liebst, sage es noch ein einziges Mal ...«

Er schaut sie schweigend an.

»Sage es«, bittet sie beharrlich, »sage, dass du keine nach mir lieben wirst ... Liebster, ich weiß ja, dass es Unsinn ist, dass du lügst.«

»Weshalb soll ich es dann sagen?«

»Es tut so gut, es zu hören und eine Minute daran zu glauben ...« Sie hat die Augen geschlossen. »Sage es noch einmal!«

»Ich habe es doch schon gesagt«, wehrt er sich.

»Noch einmal ...«

»Was sind Worte?«

»Oh, sehr viel! Diese Worte sind wie Liebkosungen, wie körperliche Zärtlichkeiten, mehr noch … ich möchte diese Worte in mich hineintrinken wie einen ganz köstlichen Wein … sage es noch einmal, Liebster, lüge noch ein einziges Mal …«

»Und wenn ich nicht lüge, wenn es wahr wäre?«, erwidert er fast gegen seinen Willen.

Sie hat den Kopf an seine Schulter gelegt, ihre Haare berühren seine Wange. Zart ruht seine Hand auf ihrem Haar.

XV

Er wirft noch einen Blick auf das Zimmer, das vom kühlen Morgenlicht erfüllt ist und ihm verändert und doch vertraut erscheint. Die roten Nelken auf dem Fensterbrett haben über Nacht ihre zackigen Blüten gestrafft und scharf emporgerichtet; die festen Knospen gleichen rot glühenden Lanzenspitzen.

Während Henri die kupferne Türklinke fasst, hat auch sie danach gegriffen; ihre kräftige, warme Hand ruht auf der seinen. Sie hat ein blaues Jackett über den Pullover gezogen und ihre Baskenmütze aufgesetzt. »Wirst du wiederkommen?«, fragt sie leise.

»Vielleicht. – Du weißt, es hängt nicht von mir ab.«

»Auch wegen Charles?«

»Ja.«

»Vergiss das nicht!«

»Bestimmt nicht!«

»Also wirst du doch noch kommen?« Sie hat ihre Hand auf seine Schulter gelegt.

»Und wenn ein anderer kommt, ein anderer Verbindungsmann, der weniger bekannt ist als ich?«

»Ein anderer …« Einen Augenblick starrt sie ihn an; dann meint sie: »Ich wollte dir nur sagen, dass du immer hier ein sicheres Quartier finden wirst und dass du vergessen kannst, was zwischen uns geschehen ist.«

Er drückt ihre Hand, und plötzlich zieht er sie von der Tür fort und umarmt sie noch einmal.

XVI

Leise steigen sie die alte Treppe hinunter, sich an dem dunklen schweren Eichengeländer haltend. An einem der schwarzen Pfosten bleibt Henri stehen und streicht mit der Hand über den geschnitzten Löwenkopf.

»Was hast du?«, fragt sie.

»Ich möchte mich an all das erinnern können.«

»Liebling …«

»Als ich gestern über diese dunkle Treppe zu dir kam … ich gehe heute ganz anders von dir, Lucie, ich nehme etwas mit hinaus …«, er spricht wie zu sich, »Freude, Mut und Hoffnung für dieses Leben … nein, die Hoffnung und den Mut, das hatte ich, aber wenig Freude, wenig Kenntnis, wie schön das Leben sein kann, wie lebenswert. Wenn ich jetzt in den undurchsichtigen, düsteren Kampf gehe, so werde ich manchmal die roten, flammenden Nelken auf dem Fensterbrett sehen, den goldenen Schimmer deiner Haare, und ich werde deine guten, zärtlichen Hände auf meiner Stirn spüren.«

»Liebster?«

»Ja, Lucie …« Er möchte ihre Augen sehen, ihre Stirn, ihre Haare; und er spürt nur ihren warmen Atem. »Vielleicht ist dies eine ganz private Sache; doch sie gibt mir eine große Lust zu kämpfen, eine wunderbare Freude.«

Er empfindet durch den schmalen dunklen Zwischenraum das Beben ihres Körpers, er fasst ihre Hände, sie drückt die seinen fest und kameradschaftlich und hält ihn von sich; sie spürt, wenn sie ihrem Verlangen nachgäbe, würde sie ihn umarmen, verzweifelt und fassungslos.

Schnell sagt sie: »Du wirst das nicht vergessen, ich weiß es; nenne mich eine Hexe oder eine Amazone, einerlei! Nun lass uns gehen, es ist Zeit.«

* * *

Behutsam drückt Lucie die kleine Pforte in dem riesigen, schweren Eichentor auf, ohne den Kordon zu ziehen. Die ersten Arbeiter haben das Haus schon verlassen.

Henri folgt rasch der Freundin.

Sie gehen durch die engen, stillen Straßen, deren hohe Hausgiebel im ersten Frühlicht aufzuleuchten beginnen, während die Grundmauern und der Asphalt noch im braunen Halbdunkel dämmern. Vereinzelte Arbeiter hasten zur Metro, kleine Wagen der Gemüsehändler kommen von den »Hallen«; zwischen den Obst-, Fisch- und Salatkörben, dem runden Landbrot aus der Normandie und der Bretagne stehen ganze Kübel mit goldgelben und feuerroten Tulpen, mit weißen Narzissen, blauen Schwertlilien und purpurnen und rosa Nelken. Die Bäcker und Fleischer haben ihre Läden noch nicht geöffnet.

Es ist kaum halb sechs.

Zwischen den Häuserlücken streichen von der Seine her dünne, silbergraue Nebelschwaden in die wärmere, geschützte Gasse. Noch läutet keine der Kirchen zur Frühmesse, noch klirrt keiner der Eisenläden der Händler, kein Autolärm, kein Kohlenausrufer, kein Hundegebell. Nur langsam erwacht Paris am Montag früh.

In eine der Quergassen biegt ein junger Mann ab. Auch er hat einen Rucksack auf dem Rücken und eine abgetragene Mütze auf dem Kopf. Er schaut sich nach Henri um wie nach seinem Spiegelbild. Vielleicht auch ist er erstaunt über die junge, elegante Frau, die bei Tagesanbruch mit einem solchen Menschen durch diese Gasse geht. Sein mageres, blasses Gesicht wendet sich jetzt suchend empor zu den hohen Hausfassaden.

Sie haben die Gasse schon hinter sich, da sagt Henri: »Und wenn einer meiner Kameraden einmal ein Quartier braucht?«

Sie schaut ihn an.

»Ich meine, weil du erklärtest, deines stände jederzeit zur Verfügung?«

»Für dich …«

»Und für einen anderen Illegalen?«

»Lass mir ein wenig Zeit, Liebster, verstehe das … ich möchte ein, zwei Wochen nur dich um mich dort wissen.« Schweigend gehen sie nebeneinander. Sie spürt seine Enttäuschung. Gewiss war es ihm nicht leicht geworden, diese Bitte an sie zu richten, die bisher dem politischen Kampf ganz fernstand.

Plötzlich sagt sie: »Wenn es sehr wichtig ist, schicke, wen du willst, mit einem Zeichen von dir.«

Er dreht sich mit einem Ruck ihr zu, über das ganze Gesicht errötend. »Du, das ist wunderbar! Das ist ein großes Plus für uns und auch für deinen Monteur, den Charles! Du wirst das später besser verstehen!« Er strahlt vor Glück wie ein großer Junge, der unerwartet ein Geschenk erhielt.

Sie betrachtet ihn aufmerksam und lächelnd, während sie an sich selbst die Frage richtet: »War er wohl genauso glücklich, diese Nacht?«

XVII

Sie biegen jetzt von der Rue St-Louis en l'Île in die Querstraße zum Seineufer ein. Über dem Fluss liegt eine durchsichtige, silbergraue Nebeldecke. In sanfte Schwermut ist der Sommermorgen getaucht. Das beginnende strahlende, grüngoldene Tageslicht ist zu hoch am Himmel, um diese irdische Stimmung zu überwinden. Henri fühlt die süße Melancholie dieses frühen nebligen Pariser Morgens in seinen Gliedern.

Da sagt Lucie neben ihm: »Warte ein wenig dort an der Kaimauer. Ich gehe zur Garage und hole dein Fahrrad, das noch am Wagen ist.«

»Teufel, du bist ein richtiger Stratege!«, erklärt er bewundernd.

»Weshalb?«

»Nun, ich selbst habe es ganz vergessen.«

»Verzaubert?« Sie lacht und geht zur Garage.

Ja, offenbar ist sie selbst durchaus *nicht* verzaubert und hat ihre fünf Sinne trotz allem noch unbeschädigt beisammen. Ein kluges, mutiges, begabtes Mädel mit dem Herzen auf dem rechten Fleck! Schade, dass sie so unpolitisch ist! Immerhin, sie wird ihr Quartier jetzt zur Verfügung stellen, auch für die anderen Genossen … aber jeden Genossen kann man nicht hinschicken, vor allem nicht zu junge … auch die Genossen sind Menschen und keine Heiligen; und Lucie wird gegen ihren Willen wohl manchem den Kopf verdrehen, wo selbst er sein Fahrrad fast vergessen hätte. – Wenn sie politisch entwickelter und erfahrener wäre, um für den Genossen mitzudenken … schade!

»Hier ist dein Fahrrad, chéri!«, sagt Lucie. »Und vergiss es nicht wieder, bei einer ähnlichen Gelegenheit!«

»Solche Gelegenheit gibt es nur einmal!«

»Dein Glück, Liebling!«, meint sie leise und ernst. »Du hast mich eine Hexe genannt; denke daran, dass ich überall bei dir bin!«

XVIII

Sie lehnt mit ihm an der Kaimauer. Ihre Augen sind nachdenklich und traurig. Sie scheinen ihm plötzlich fremd, nicht wie die Augen einer Geliebten, sondern wie die Augen einer Mutter, die ihr Kind nicht fortgeben will. Ihre kräftigen Schultern hängen müde herab. Sie presst den Kopf in ihre Hände, während sie die Ellbogen auf die Mauer stützt und zur Brücke schaut, die über den silbergrauen Fluss führt.

Langsam treibt ein schwerer Lastkahn – mit Sand und Bruchsteinen beladen – stromabwärts. Vorn am Bug des Schiffes hängt eine junge Frau Wäsche auf eine Leine, weiße, blaue und grüne Sachen; am Steuerrad steht ein Mann und drückt mit seinem Rücken das Ruder gemächlich nach links und nach rechts, während er sich eine Pfeife anzündet. Diese beiden Menschen, von den ruhig dahinziehenden

Strom getragen, leben auf ihrem Kahn, auf ihrer zehn Meter langen, schwimmenden Welt. Nichts nötigt sie, voneinander zu gehen; sie können sich lieben bei Nacht, sie können einander sehen und sprechen bei Tag, niemand wird sie stören.

Wie schwer aber ist es, auseinandergerissen zu werden, wo alles zueinanderdrängt; wie schwer ist es für Liebende, sich zu trennen, gerade da die Liebe begonnen hat.

• • •

Schweigsam schauen die beiden auf den Strom, der nach den Gewittern der letzten Tage hoch in den Ufern steht. Die Morgensonne lässt den milchigen Nebel zerrinnen und vereint sich mit den graugrünen Lichtern des Wassers. Die Wellen bekommen einen perlmutternen Glanz von Graugrün und Rosa; an vielen Stellen leuchten jetzt kleine Sonnen aus der bewegten Strömung. Hier und da treibt ein Stück Holz daher. Man könnte diesem stillen Leben des Stromes ewig zuschauen, man könnte alles darüber vergessen und den Frieden im Herzen erlangen.

»Ich glaube, es ist Zeit!«, sagt Lucie. »Wenn wir noch lange hierbleiben, wird es immer schwerer für uns.«

Wie er sie anschaut, stehen Tränen in ihren Augen. Sie wendet sich schnell, nimmt mit der einen Hand das Fahrrad, während sie mit der anderen die Tränen wegwischt.

»Ich begleite dich noch bis zur Hälfte, bis zur Höhe der Brücke; dann schwingst du dich auf dein Stahlross und – juchhe! verschwunden und vergessen ist dein Fräulein droben in dem Malerturm der Rue St. Louis en l'Île!« Sie lächelt und geht mit ihm zur Brücke, in der linken Hand das Rad führend.

Er betrachtet das schöne große Mädchen. Es scheint ihm ein märchenhafter Traum, dass sie ihm eine Nacht gehörte. Wie ein aus hellem Gold gewebter Wimpel wehen ihre Haare unter dem dunkelblauen Barett im leichten Frühwind, der von dem unterm Brückenbogen mächtig dahinbrausenden Fluss aufkommt. Ihr kühnes Profil mit der kleinen, energischen Nase, ihr schlanker, sportlicher Körper mit den langen Beinen, das wäre kein schlechter Kampfgefährte.

Genug geträumt!

Er will das Fahrrad nehmen. Sie schaut ihn an, ihr Mund ist ganz weich: »Lass es mir noch eine Minute!« Sie streicht zart über die blinkende Lenkstange, als sei es der Hals oder die Schulter eines lebendigen Wesens.

XIX Was da plötzlich auf der Brücke – außerhalb der Welt der beiden – geschah, das verlief mit Blitzeseile.

Vor ihnen ertönen erregte Rufe.

Eine junge Frau oder ein Mädchen klettert auf das Eisengeländer der Brücke, legt dann ihre Arme wie eine Binde um ihre Augen und lässt sich nach unten in die Tiefe fallen. Die Menschen schreien auf: Einen Nachen! Den Rettungsgürtel! Polizei!

Henri hat sein Rad hingeworfen und reißt die Jacke herunter.

»Du bist wahnsinnig!«, fährt Lucie ihn an; ihre dunkle Stimme ist heiser und hart. »Nimm dein Fahrrad, geh weiter, du willst wohl nachher auf der Präfektur vernommen werden?!«

»Bis die Idioten den Rettungsgürtel hinuntergeworfen haben …«

Lucie hat ihr Jackett, den Pullover und ihre Halbschuhe abgestreift, während sie über das Geländer steigt und nach unten späht.

»Das ist meine Sache! Hau ab! Denk an deine Sache!«, faucht sie ihm zu. Sie wendet sich von ihm, neigt den Kopf zum Fluss, mit aller Kraft stößt sie sich ab und springt in gestreckter »Schwalbe« in weitem Bogen in die hochgehende Seine.

Schreie der Bewunderung und des Schreckens. Alle beugen sich über das Geländer. Irgendwo treibt ein Rettungsring schon weitab im Strom. Aber da taucht ein Kopf auf, ein Kopf mit hellem Haar, er späht übers Wasser, er scheint etwas entdeckt zu haben, der Körper schießt mit kräftigen Kraulstößen gegen die Strömung und taucht unter.

Henri springt zu seinem Rad und fährt mit äußerster Geschwindigkeit zum andern Ufer, wo er einzelne Kähne bemerkt hat.

Es ist klar, Lucie, die Schwimmmeisterin, nachdem sie den Sprung von der hohen Brücke überstanden hat, wird nicht untergehen. Aber kennt sie alle

Rettungsmanöver, falls die Ertrinkende sich verzweifelt an sie klammert und von vorn ihren Hals umschnürt? Man muss ihr zu Hilfe kommen!

• • •

Es vergehen endlose Minuten, bis die Schlösser der Ketten, an denen die Nachen befestigt sind, mit Steinen aufgeschlagen oder aufgeschlossen wurden. Schließlich rudert Henri mit einem alten Schiffer los, nachdem er noch sein Fahrrad in den Nachen genommen hat.

Sie sind in der Mitte des Flusses, da sagt der Alte, der steuert und nach vorn schaut: »Zu spät!«

Henri zieht die Ruder ein und schaut sich erschrocken um.

»Nom de Dieu! Sie hat's geschafft! Ein Mordsmädel!«, meint der Alte und spuckt, ohne seine Pfeife aus dem Mund zu nehmen, anerkennend in den Fluss.

Henri sieht, wie am andern Ufer, dort, wo sie vor kaum einer Viertelstunde zu zweit träumend an der Kaimauer standen, Lucie an Land gestiegen ist;

in ihren Armen trägt sie eine junge Frau, deren eine Hand in Lucies Haar greift, um sich daran zu halten. Das Wasser rinnt von den beiden nieder. Noch einmal sieht Henri seine Freundin, dies große trainierte Mädchen – die »griechische Göttin« – so wie er sie in der verzauberten Nacht sah und in seinen Armen hielt. Jetzt steht sie in dem weißen, silbernen Licht des Pariser Morgens.

Sie hat die junge Frau, die sie rettete, niedergelegt und schaut sich einen Augenblick um – nach dem Ufer, wo die Menschen hinzueilen, und etwas länger nach dem andern Ufer und nach dem Fluss, als suche sie dort etwas.

Doch schon beugt sie sich wieder zu der Geretteten.

»Haben Sie gesehen, wie sie von der Brücke hinuntersprang … erstklassig! Das muss eine Schwimmerin sein!«, brummt der alte Schiffer. »Trotzdem, parbleu, Mut gehört dazu, finden Sie nicht?«

»Na ja …«, sagt Henri.

»Na ja, na ja …«, macht ihm der Alte nach und spuckt wieder kunstgerecht aus, ohne die Pfeife aus dem Munde zu nehmen. »Sie sind ein Angler, sehe schon, da interessiert Sie so was natürlich nicht; ich fische mit dem Netz, aber heute ist kein schlechtes Petriwetter, versuchen wir, ob etwas anbeißt … würde mich interessieren.«

XX

Henri hat die Angel mit dem Schwimmer ausgeworfen. Der Nachen treibt die Seine hinab. Die beiden Männer schauen stumm auf den Korken, der auf dem graugrünen Wasser ruht.

Und während Henri in dem stillen Strom wie in einem nächtigen Gemach den Körper des großen, verliebten Mädchens sieht, hört er ihre erregte, dunkle Stimme: »Hau ab! Denk an *deine* Sache!« Ja, er wird nachher an der Pont Neuf sich von dem Alten trennen, über Neuilly, Colombes, Bezons nach Cormeilles fahren und pünktlich zu seinem Treff gelangen … mit dem Plus einer neuen Anlaufstelle, einer neuen Verbindung und mit noch einem anderen, nicht geringeren Plus.

Schnell schaut er auf und verfolgt mit dem Blick stromaufwärts das gegenüberliegende Ufer. Doch die Strömung hat sie schon weit weggeführt; sie treiben bereits an den alten Buchhändlerbuden nahe dem Louvre vorbei. Die Brücke, Notre-Dame und das Viertel der Rue St-Louis en l'Île sind hinter einer Krümmung des Flusses verschwunden.

ANHANG

LION FEUCHTWANGER

Ein literarischer Nachfahre Friedrich Schillers

Friedrich Wolf zu seinem 60. Geburtstag

I

Als ich Friedrich Wolf kennenlernte – es war erst während der Hitler-Jahre, im Exil –, fiel mir sogleich auf die Einheit des Mannes und seines Werkes. Die gleiche unbedenkliche Frische, die in Friedrich Wolfs Theater die Hörer mitreißt, lebt in allem, was er tut und sagt. Er war hoch in den vierzig, als wir uns das erste Mal trafen, aber es ging von ihm aus ein jugendlich revolutionäres Feuer, ein geradezu knabenhaft ungestümer Wille, die Welt aus dem, was sie ist, zu dem zu machen, was sie sein soll.

II

Der Wahlschwabe Friedrich Wolf ist ein literarischer Nachfahre Friedrich Schillers, und zwar hat der junge Schiller, der Dichter der »Räuber« und der »Luise Millerin«, ihn geformt. Der kühne, alles fordernde Aufsatz Schillers »Die Schaubühne als moralische Anstalt betrachtet« ist das Gesetz, welches das Wirken Friedrich Wolfs für immer bestimmt hat. Wenige verstehen es wie er, revolutionäre Gesinnung in spannende Handlung umzumünzen. Er hat den Griff des Theaterdichters, er presst die Fabel seiner Stücke auf ihr Wesentliches zusammen, lässt mit legitimer Unbedenklichkeit Zwischenstadien beiseite und springt von einem Höhepunkt kühn zum nächsten, höheren. Friedrich Wolf weiß seinen Menschen von seinem eigenen, ehrlichen, fortreißenden Glauben an die Möglichkeit einer besseren Gesellschaftsordnung Feuer genug mitzuteilen, dass sie auch ohne allzu viele Nuancen lebendig werden und bleiben.

Was Friedrich Wolf vor den meisten anderen deutschen Schriftstellern unserer Generation auszeichnet, das ist das Auge für das Brettergerechte, der vorwärtsjagende Atem, den er den Geschehnissen einzublasen weiß, die Kunst, mit dem er jedes Abflauen vermeidet. Er ist der geborene Theaterdichter, er knetet mit sicherer Hand seine Menschen so lange, bis sie und ihre dramatische Funktion eins werden. Diese Fertigkeit bliebe Handwerk, wenn sie Selbstzweck wäre. Sie ist es nicht. Sie ist nur ein Mittel, sie dient dazu, des Autors brennende Liebe fürs Recht, seinen heftigen Willen, an der Errichtung einer besseren Welt mitzuwirken, auf den Leser und Hörer zu übertragen.

Es ist also nicht die ungeheuer spannende Handlung, die den Stücken dieses Autors zu ihrer Wirkung verhilft, und ebenso wenig ihre eindeutige Tendenz, es ist vielmehr der Zusammenklang dieser beiden Eigenschaften. Die Handlung selber wird zur Trägerin der Botschaft; und die Tendenz, die kaum je leitartikelhaft verkündet wird, gibt den Menschen und den Situationen ihren Atem. So überträgt sich der biblisch kämpferische Eifer des Dichters für Gerechtigkeit ohne weiteres auf den Hörer und macht ihn seine geradlinigen Sympathien und Antipathien mitfühlen.

III

Es geht eine große Liebe durch alles, was Friedrich Wolf geschaffen hat, durch seine Stücke und durch seine Romane, die im Grunde erzählte Stücke sind. Er hat einem seiner Dramen als Motto vorangestellt den Artikel 1 der Verfassung der revolutionären französischen Republik: »Das Ziel der menschlichen Gesellschaft ist das Glück aller«, und dieser Satz könnte der Leitsatz aller seiner Werke sein. Ob es sich um »Professor Mamlock« handelt, den großen Arzt, der von den Reaktionären mit Schimpf und Schande davongejagt wird, oder um die aufständischen »Matrosen von Cattaro«, ob um die Menschen seines böhmischen Dorfes in dem Roman »Zwei an der Grenze« oder um die verbrecherischen Nazibeamten in dem Krankenhaus des »Doktor Wanner«, ob um den halben Revolutionär Beaumarchais des gleichnamigen Stückes oder um die französischen Rebellen dieses letzten Krieges in dem Drama »Patrioten«: im Grunde gibt es in allen Werken Friedrich Wolfs nur *einen* Helden: den Entrechteten im Kampf gegen seinen Unterdrücker.

Friedrich Wolf hat einmal eine theoretische Schrift veröffentlicht: »Kunst ist Waffe!« Sein ganzes Werk ist ein lebendiger Beweis für diese seine These. Er ist heute so jung wie nach dem ersten Krieg, da er seinen ersten großen Erfolg hatte; und er ist heute noch notwendiger als damals.

Er ist der rechte Schriftsteller für diese unsere Zeit.

Lion Feuchtwanger, geboren 1884, erreichte mit seinen historischen Romanen und hellsichtigen Zeitromanen Millionenauflagen. Seine Werke wurden in mehr als 20 Sprachen übersetzt. Sein Lebensweg führte ihn von München und Berlin über ausgedehnte Reisen bis nach Afrika. Als er 1933 auf der ersten Ausbürgerungsliste der Nationalsozialisten stand und seine Bücher verbrannt wurden, lebte er bereits im französischen Exil in Sanary-sur-Mer. 1940 floh er aus dem besetzten Frankreich und ließ sich mit seiner Frau Marta im kalifornischen Pacific Palisades nieder, wo er 1958 starb, ohne Deutschland noch einmal betreten zu haben.

ALFRED KANTOROWICZ
Kämpfer, Freund und guter Kamerad

Nehmen wir dies doch gleich vorweg: auch heute, hier in Berlin, ist Friedrich Wolf vielen seiner überlebenden Kameraden, die aus jenen Zeiten oft noch mit Wunden und Gebrechen behaftet sind, ein bisweilen unentbehrlicher ärztlicher Helfer und Berater geblieben – außerberuflich, denn seine vielfache literarische und kulturpolitische Tätigkeit lässt dem überbürdeten Manne jetzt keine Zeit, seine ärztliche Kunst und Wissenschaft beruflich auszuüben.

Wir, die diese Prüfungen der Standhaftigkeit und des Charakters in anderen Lagern oder in anderen Situationen abzulegen hatten, konnten uns der Gesellschaft Friedrich Wolfs in günstigeren Umständen erfreuen. Wenn ich wir sage, so meine ich jene, mit denen er in den Sommertagen des Jahres 1938 in dem kleinen an der Küste des Mittelmeeres zwischen Marseille und Toulon gelegenen lieblichen Orte Sanary zusammen gewesen war; es schließt dieses wir ein: unseren verehrten Arnold Zweig und unseren bedeutenden Freund Lion Feuchtwanger, auch Heinrich Mann war, aus dem benachbarten Bandol kommend, in jener Zeit oft in unserer Mitte; Ernst Toller sahen wir damals zum letzten Male unter uns; der Philosoph und Essayist Ludwig Marcuse war dort ansässig; Alexander Abusch und der tschechische Dichter André Simone kamen für ein paar Wochen aus Paris zu uns; Aldous Huxley war unser Nachbar an dem einen, René Schickele an dem anderen Ende des langgestreckten Ortes; Franz Werfel und seine Frau Alma Mahler siedelten sich etwa um dieser Zeit gerade im Zentrum des attraktiven Örtchens an, in einem absonderlichen Turm; unsere Freundin Ellen Wilkinson, die englische Labourabgeordnete, die später Minister für das Unterrichtswesen im Labourkabinett wurde (sie ist vor etwa zwei Jahren eines allzu frühen

Todes gestorben), verbrachte zwei Sommermonate mit uns. Es war keine unbeschwerte Zeit. Wir bangten für die, die noch in Spanien waren; wir wussten, dass Hitler den Krieg vorbereitete, und wir litten tief darunter, dass die westliche Welt, in der wir da lebten, unsere Warnungen überhörte. Aber wir lebten noch. Es war Sommer, das Meer war warm, azurblau (es ist keine Façon de parler, sondern die genaue Definition) strahlte der Himmel über uns; ein café au lait an einem der im Freien stehenden Tische vor den Kaffees am Hafen kostete nicht viel, auch ein pernod oder une fin, ein Kognak, waren erschwinglich, eine Bouillabaisse (eine Fischsuppe auf Marseiller Art) bei der »Fischerin« im Hafen war für ein paar Francs zu haben und unübertrefflich. Es war gut, zu leben, auch wenn unser Lachen nicht mehr frei und unbeschwert sein konnte. Vielleicht kann man den Kern eines Menschen in bösen und schweren Tagen am sichersten entdecken; aber auch in guten und vergleichsweise heiteren Zeiten zeigt sich im tagtäglichen Umgang viel von der Qualität eines Mannes. Alle die, die ich oben erwähnt habe, ich glaube, sagen zu dürfen, ohne Ausnahme, lernten Friedrich Wolfs

Gesellschaft und gegebenenfalls Freundschaft in jenen Sommerwochen herzlich schätzen; sie erfreuten sich des heiteren, umgänglichen, stets eine gute Stimmung um sich verbreitenden Gefährten, des lebendigen, viel erfahrenen Erzählers, des fairen Streiters in literarischen oder weltanschaulichen Disputen. Er selbst denkt gerne an diese Wochen zurück; er hat uns erst jüngst bei seiner Begrüßung Arnold Zweigs in Berlin wieder daran erinnert.

Das Bild des lebensprühenden, guten, damals noch nicht fünfzigjährigen Kameraden Friedrich Wolf hat sich auch mir in Sonderheit verhaftet. Ich kann nicht an ihn denken, ohne dieser erfreulichen Episode Erwähnung zu tun. Was danach kam, sollten, wie gesagt, von Rechts wegen andere berichten. Aber da mir unverdienterweise zugefallen ist, die ihm zugeeignete kleine Festschrift mit ein paar Worten einzuführen, so will ich noch hinzufügen, dass wir uns dann später auch unter ganz anderen Bedingungen wiedergetroffen haben, beide gehetzt und vom Tode bedroht, gerade den Konzentrationslagern entkommen und in völliger Ungewissheit, ob und für wie lange Zeit es uns noch gelingen werde, Hitlers Schergen, die unser habhaft zu werden suchten, zu entgehen. Das war nach dem Zusammenbruch Frankreichs und vor unserer beider Entkommen aus dem Mahlstrom. Wolf hatte, wie schon bezeugt wurde, die hinter ihm liegenden Prüfungen in Vernet vorbildlich bestanden; welche Prüfungen noch vor ihm standen, war noch nicht zu übersehen. Aber ich fand ihn im Vollbesitz seiner Vitalität und Zuversicht; ja, er konnte sogar noch lachen. Es war erquickend, mit ihm in diesen fürchterlichen, schier hoffnungslosen Wochen zusammen zu sein. Ich habe seither neben der damals in Sanary erworbenen Freundschaft eine wirkliche Hochachtung für den guten Kameraden. Andere, die in den dann kommenden Jahren, nachdem es ihm gelungen war, ein Asyl in der Sowjetunion zu finden, zu Zeiten des großen Krieges mit ihm gemeinsam gekämpft haben, zeugen davon, dass Friedrich Wolf sich während der Schlacht bei Stalingrad in der eisigen Don-Steppe ebenso bewährt hat wie in Vernet: als politischer Kämpfer, ein aufrüttelnder Meister des Wortes und ein menschenfreundlicher Arzt in einem.

Alfred Kantorowicz (1899–1979), zunächst Journalist und Literaturkritiker, nach der Rückkehr aus dem Exil 1947 bis 1949 Herausgeber der Kulturzeitschrift »Ost und West«, Professor für Neuere Deutsche Literatur und Leiter des Heinrich-Mann-Archivs in der DDR; übersiedelte 1957 in die Bundesrepublik. Zahlreiche Buchveröffentlichungen.

BIOGRAPHISCHE NOTIZ

Friedrich Wolf wurde am 23. Dezember 1888 in Neuwied am Rhein als Sohn einer jüdischen Kaufmannsfamilie geboren. Als junger Mann trat er aus der jüdischen Glaubensgemeinde aus. Von 1907 bis 1912 studierte er Medizin, Philosophie und Kunstgeschichte in Heidelberg, München, Tübingen, Bonn und Berlin. Im Ersten Weltkrieg wurde er Truppenarzt an der Westfront und entwickelte sich bald zum entschiedenen Kriegsgegner. 1917 veröffentlichte er seine ersten literarischen Arbeiten, den Beginn eines großen Werks an Erzählungen und Theaterstücken. An der Revolution 1918/19 war er als Mitglied des Arbeiter- und Soldatenrates beteiligt, 1928 trat er in die KPD ein und wurde Mitglied des Bundes proletarisch-revolutionärer Schriftsteller. Als die Nationalsozialisten an die Macht kamen, musste Friedrich Wolf Deutschland verlassen, er ging zunächst über Österreich und die Schweiz nach Frankreich, ab 1934 lebte er im Moskauer Exil. Angesichts des stalinistischen Terrors verließ er die Sowjetunion, der Versuch, sich den Internationalen Brigaden im Spanischen Bürgerkrieg anzuschließen, scheiterte. Ab 1938 lebte Wolf in Paris und Sanary-sur-Mer und engagierte sich in vielfältiger Weise politisch. Obwohl er offiziell nicht praktizieren durfte, bot er anderen Emigranten seine ärztliche Hilfe an. Die Geschichte »Lucie und der Angler von Paris«, in den sechziger Jahren Vorlage für eine prominente Verfilmung, entstand unter dem Eindruck der unmittelbaren Erfahrung von Verfolgung und Exil. Bei Kriegsbeginn wurde Friedrich Wolf als »unerwünschter Ausländer« in mehreren französischen Lagern interniert und konnte nur durch das Eingreifen namhafter Freunde befreit werden – ein Schicksal, das er mit zahlreichen anderen Geflüchteten teilte, unter ihnen Lion Feuchtwanger und Alfred Kantorowicz. Mit sowjetischer Hilfe und einem falschen Pass gelang es ihm,

Frankreich zu verlassen und erneut nach Moskau zu reisen, wo er die sowjetische Staatsbürgerschaft erlangte. Nach Kriegsende ging er nach Ost-Berlin und war weiterhin schriftstellerisch und kulturpolitisch tätig. 1946 erschien seine berühmt gewordene Erzählung »Die Weihnachtsgans Auguste«. 1950/51 war er der erste Botschafter der DDR in Polen. Friedrich Wolf starb am 5. Oktober 1953 in Lehnitz bei Berlin.